有机中间体
工艺开发实用指南

——从选题到试生产

张胜建 ◎ 主编　　林 勇　张 洪 ◎ 副主编

化学工业出版社

·北京·

本书从精细化工中重要的一大类——有机中间体合成的技术开发和技术改造的通用流程入手，详细介绍试生产过程中必需的一些岗位技巧和要求，同时介绍一些基本原理的应用技巧。

本书分两大部分。第一部分是介绍有机中间体开发过程中各个阶段的要求、特点、重点和应注意的一些问题，包括选题、小试、中试、试生产过程中要注意的一些问题和应用技巧；同时，还介绍了相关的方案设计报告、总结报告以及操作规程等的编写要求和主要内容。第二部分是介绍有机合成中的一些基本原理和应用，包括热力学、动力学以及有机合成原理的应用。

本书可作为化工、轻工、应用化学、精细化工、制药等相关专业的本科生、高职学生关于工艺开发课程的教材，也适用于从事有机中间体技术开发和技术改造但又缺乏相关经验的人员参考，同时也可供相关企业作为培训用书。

图书在版编目（CIP）数据

有机中间体工艺开发实用指南——从选题到试生产/
张胜建主编. —北京：化学工业出版社，2010.9
ISBN 978-7-122-09144-4

Ⅰ. 有… Ⅱ. 张… Ⅲ. 有机化合物-中间体-生产工艺-指南 Ⅳ. TQ612-62

中国版本图书馆 CIP 数据核字（2010）第 137342 号

责任编辑：何　丽　　　　　　　　文字编辑：张春娥
责任校对：郑　捷　　　　　　　　装帧设计：关　飞

出版发行：化学工业出版社（北京市东城区青年湖南街 13 号　邮政编码 100011）
印　　装：化学工业出版社印刷厂
720mm×1000mm　1/16　印张 8½　字数 163 千字　2010 年 9 月北京第 1 版第 1 次印刷

购书咨询：010-64518888（传真：010-64519686）　售后服务：010-64518899
网　　址：http://www.cip.com.cn
凡购买本书，如有缺损质量问题，本社销售中心负责调换。

定　　价：25.00 元

前　言

精细化工是我国的支柱产业之一。精细化工及其相关专业的毕业生从事精细化学品生产企业技术工作的人员不在少数。但由于之前缺乏相关技术开发岗位的相应训练，在岗位上需要较长时间进行摸索和学习，往往是由经验较多的工程师对有关技能言传身教，才能适应相关岗位的要求。本书为解决此问题，从精细化工中重要的一大类——有机中间体合成的技术开发和技术改造的通用流程入手，详细介绍试生产过程中必需的一些岗位技巧和要求，同时介绍一些基本原理的应用技巧。

本书分两大部分。第一部分介绍有机中间体开发过程中各个阶段的要求、特点、重点和应注意的一些问题，包括选题、小试、中试、试生产过程中要注意的一些技巧；同时，还介绍了相关的方案设计报告、总结报告以及操作规程等的编写要求和主要内容。第二部分介绍有机合成中的一些基本原理和应用，包括热力学、动力学以及有机合成原理的应用。

本书依据作者多年的实践经验并结合相关理论对有关问题进行举例介绍，以便读者能更好更快地结合实际，学有所用。本书可用于化工、精细化工、制药、轻工、应用化学等相关专业本科生、高职学生工艺开发课程选修教材，也针对从事有机中间体技术开发和技术改造、但又缺乏相关经验的人员参考，同时也可供相关企业培训用参考书。

本书主要由浙江大学宁波理工学院的张胜建主编，宁波欧讯化学新材料技术有限公司的林勇、浙江大学宁波理工学院的张洪也负责了部分内容的编写和修改；宁波欧讯化学新材料技术有限公司的罗署、段云凤、邵振平、石园庆等参与了资料的收集和对一些内容的建议，并参与了第一部分一些内容的编写。

由于编者所从事的研究范围有限，该书可能会遗漏很多有用的相关内容。同时，可能有些企业和研究单位的实际做法比本书介绍的更加实用、正确，但是本书对学生和经验较少的化工开发技术人员还是有用的，因此推出此书，望同行批评指正。

编　者
2010 年 5 月于宁波

目　　　录

第一部分　有机中间体工艺开发常识简介

第二部分　基本原理

概　　述

有机中间体工艺开发是指应用较基本的有机化学原料，生产与合成更复杂、更高级的一些有机化学品的过程，它包括从文献论证、实验室试验、中试、试生产、形成生产工艺、生产以及到市场应用的一系列过程。这个过程的目的是形成一套可行、先进的生产工艺，工艺过程应满足先进性、经济性、环保性以及安全性的原则。

0.1　先进性

在产品开发过程中我们往往会碰到这样的情况：可能通过很多途径均能达到同样一个目的。这时考虑的第一条就是新开发的工艺在技术上是否先进。技术上的先进性表现在以较少的投资和较温和的工艺条件来达到较高的经济效益进行生产。现在的市场竞争在一定程度上就是人才和科技水平的竞争，如果在技术上不能领先他人，就不能取得比他人更好的效益，就难以发展。技术的先进性在很大程度上是表现在经济性上，但技术先进性只是经济性的一个重要条件，并不是全部。

例如，3-N,N-二烯丙基氨基-4-甲氧基乙酰苯胺在市场上刚被采用时，国内在一年内有三家企业采用从国外引进的以醇为溶剂、以氧化镁为缚酸剂的生产工艺进行生产出口。当另一个企业要上这个产品时，在时间上已不能和别的企业进行竞争，原工艺利润已经从50%降到20%左右，等再上此产品后利润还要降低，从而效益极低。为此，我们开发了以水为分散相代替醇的工艺，成本下降了约10%，从而大大提高了竞争力，同时在质量上也有所改进，因而一举打开了国内、外市场，取得了很好的效益。从这个例子可以看出，新的工艺是先进性的前提，经济效益好是工艺先进性的结果，但先进性还包括了原料、安全、环保等一系列方面的内容。

0.2　经济性

经济性是指一个产品开发后形成的工艺投入生产后能产生多大效益的问题。要得到高的效益必须在技术上先进，同时投资省，上马速度快。

技术上落后于人难以取得好的结果，特别是在长时期投产且市场趋于正常的竞争以后。

投资必须省，投资产出比必须小，投资回收期必须合适。许多时候还应考虑到一个投产企业的实际情况，要尽可能在原有设备上投产或尽可能少的改造原有设备达到投产的目的。这就要求开发人员必须综合考虑各种情况。

另外，经济性在很大程度上是表现在时效上。俗话说，时间就是金钱，谁能抢先一步开发投产成功就能在竞争中取得主动。经济学上有一个定理，一个新产品的生产可分为四个阶段：一是新产品研制和市场开发阶段，此时需要投入大量资金和人力，是投资阶段；二是新产品形成市场且处于供不应求阶段，此阶段可取得高额利润；三是稳定阶段，市场基本上处于稳定，此时是正常的生产经营，可获得一般的经济效益；四是老产品被新产品逐渐取代，老产品的利润逐渐降低直致被淘汰。这样的例子很多。在一般的企业行为中，产品切入点都是第二阶段，即一般企业不具备第一阶段的实力（除非是大型企业），而是在市场形成一定基础后抓紧投产希望获得第二阶段的利润份额，而当开发速度不能达到相当的程度时，就有可能落在第三甚至第四阶段，就很难取得好的经济效益。特别是在不正常的市场竞争条件下，如现在经常发生的低价倾销等情况发生时，甚至导致投资完全失败。因此，产品开发的速度在一定意义上决定了开发的经济效益。决定一个产品的开发成败的因素除了先进性、投资省外，还有很重要的一条就是时效性，这一点在一些单位还没有得到足够的重视，这是导致许多研究单位不能取得良好发展的重要原因之一。

例如，原有的 3-N,N-二乙基氨基乙酰苯胺是从 3-氨基乙酰苯胺进行 N-乙基化而得到的：

$$+ 2C_2H_5Br \xrightarrow{\text{缚酸剂}} \qquad + 2HBr$$

反应是在搪瓷锅中进行的。后来因市场形势变化，原料 3-氨基乙酰苯胺很紧张，价格上涨很快。为保证正常生产，就必须改变产品的生产工艺。一般通行的工艺是由间硝基苯胺先酰化再还原而得，但必须增加还原锅，改变原有车间格局，这就需要较大的投资和较多的时间。为此，我们开发了由间苯二胺一锅法生产产品的工艺，从而在不改造设备和不增加投资的基础上完成了工艺改造，使生产能正常进行，而生产成本还有所下降，大大提高了产品的竞争力。

0.3　环保性

在当前对环保要求日趋严格的形势下，产品开发的环保性已作为一个不可或缺的要求被提了出来。环保性表现在以下几个方面：首先，必须考虑到生产工艺对环境的影响，即排放的废弃物应尽可能少，同时应易治理；二是要考虑到环保要求对污染治理所需要的费用导致的成本增加，即环保设备投资费用和治理费用的增加；三是还必须考虑到综合能源资源的消耗问题，这是指不仅要考虑当前的成本效益比，还应考虑应用的原料和能源所将带来的环保作用。例如，在分散染料滤饼生产的后处理过程中，一般每吨产品要消耗约 $120m^3$ 水。为减少水的消耗量，可以改进洗涤工艺。工艺的改进使水的消耗量降到 $60m^3$ 左右，从而大大降低了环保处理的投资和运行费用，降低了生产成本。又如，前面提到的以水代替醇的工艺改革也减少了废物排放，得到了同样的效果。

0.4　安全性

生产安全是一个非常重要的要求，没有安全保障的项目是不能考虑的。同时，

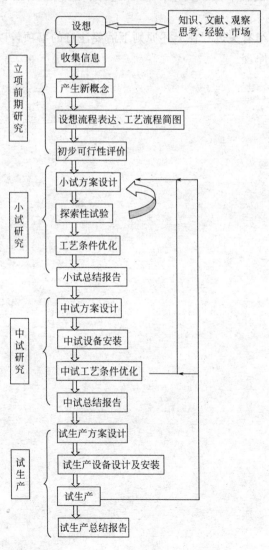

图 0-1　有机中间体工艺开发流程

对企业本身来说，安全性不好的工艺也往往带来成本的提高以及效益的下滑。项目的安全包括原料、产品及工艺过程的安全。当原料及产品的毒性大、易燃易爆，设计时安全投资越高；同样工艺温度高、压力高，投资也越大。例如，一个甲基化工艺，当能用氯甲烷作甲基化剂时就不应当用硫酸二甲酯作为甲基化剂，因为硫酸二甲酯是剧毒物质，而且两者成本相差不多；分散介质能用水时，尽量不要用有机溶剂，因为大部分有机溶剂毒性较大，且很多易燃易爆。如上述 3-N,N-二烯丙基氨基-4-甲氧基乙酰苯胺生产过程中，以水替代醇为分散相，生产安全得多。

有机中间体工艺开发的基本过程包括：文献查阅、资料收集、立项前期研究、课题立项、工艺小试、中试、大生产设备选择、工艺设计、试生产等，如图 0-1 所示。

本书将详细介绍有关过程在上述原则下需要注意的事项，以及一些常见的技巧和一些常用的基本原理。

第一部分　有机中间体工艺开发常识简介

1　文献资料与选题

1.1　项目来源

有机化工或精细化工企业项目的来源经常有不同的渠道。最常见的项目来源如下所述。

1.1.1　新产品开发

因市场需求开发新产品，这是最常见的来源之一，也是企业发展的必要保障。它一般来源于下述三个渠道：

① 市场需求的新产品。这需要企业在一定期限内研制、生产，一般来说时间期限要求较高，但经济压力不大。

② 在调研过程中发现的潜在的新产品。这可能需要做许多市场的推销工作，并且要有合适的技术。这类项目往往可以申请纵向项目资助。

③ 与老产品相关联的产品。一个产品一般都有上下游或类似的产品，或是类似最终用途的产品。将与老产品相关联的产品生产工艺开发出来对企业的发展往往会有很大的促进作用。如分散染料生产企业需要将各种分散染料做全才有较好的供应地位。又如生产荧光增白剂 OB，有系列的其他荧光增白剂 OB-1 产品等才有较好的效益和销路。

另一个相关联产品的含义是：用老产品的工艺设备生产类似的系列产品。如烷氧胺系列产品，甲氧胺、乙氧胺、苄氧胺等都可以采用同一个 O-烷基酮肟醚水解的工艺生产，因此应当成系列开发。

1.1.2　老产品工艺改革

导致这种课题产生的原因很多，如：

（1）原料市场变化导致必须进行工艺改革：如一种硝基化合物的还原工艺可采用水合肼还原或加氢还原。随着水合肼及加氢还原催化剂市场价格的波动，就有可能要将水合肼还原方法改为加氢还原，或是将加氢还原改为水合肼还原，或是改为其他还原方法。

（2）环保、安全压力导致的工艺改革：许多 O-甲基化、N-甲基化工艺都是用硫酸二甲酯工艺，但硫酸二甲酯是剧毒物质，使用受到限制，这样就有必要开发新的甲基化工艺；又如原来常用的铁粉还原工艺由于大量铁泥的产生导致很大的环保问题，因此现在很少采用，而是采用其他更环保的工艺来替代。

（3）设备问题导致的工艺改革：新设备的发展有时可促进改进老工艺。如现在高压加氢还原设备的发展使原来许多无法采用的工艺都可采用加氢还原的方法；另外，有时候企业已有很多老设备，而新产品生产若要重新投资一套设备就不是很经济，这时候就可能要求改进工艺适合老设备，这在产品订单要求很急或在老企业经常发生。

（4）生产管理过程中要求的工艺改进：在生产管理过程中经常会发现某些批次产品质量特别好或产量特别高，对这些现象进行分析总结，进行试验、稳定推广也是企业中常见的工艺改进课题。其原因可能很多，如原料批次不同、升温速度不同、停电停汽（气）、少量泄漏、操作班级不同带来的操作方式的差别等都有可能造成一些意想不到的结果，都值得研究。

（5）当新技术发展之后，老产品可用新的工艺合成时，也经常会进行研究；新工艺可能来自文献，也可能自己设计。

按项目的来源分，除企业内部形成外，还有来自于政府的纵向项目。纵向项目主要是针对远期需求的探索性研究，或是基础性研究。

1.2　文献查阅和资料收集

文献查阅一般是指产品合成工艺、物性、分析方法等资料的查阅和整理，这是工艺开发项目必须做的准备工作。只有掌握了全面的资料才可能开发出先进的工艺，且能多快好省地开发，不必做重复工作。而资料收集含义则较广，它包括有关原料和产品的市场状况，生产价格，质量，可能用到的生产设备的性能与价格，可能产生的环保问题，可能产生的安全问题的相关资料等一系列资料；这与纯粹进行科研的要求是有差别的，它必须对工艺进行生产化后的问题进行全面考虑，提供足够的资料积累。

1.2.1　合成相关文献

产品开发所需要掌握的文献中最基本的是合成工艺的文献，这是产品开发传统意义的也是最基本的文献资料，这在一般文献查阅中都用过。另外，要注意几点。

（1）必须尽可能的完全　不要有一两篇比较详细的文献以为就可以了，要搜集不同的资料。详细的资料很有参考意义，但许多文献中的方法和结果是不能全部相信的，还需要多方面参照才可能得出一个较完整的答案。例如，有专利较详细的介绍了采用氢氧化钠作为缚酸剂在 90℃ 左右使 3-氨基乙酰苯胺进行 N-乙基化的工艺，若就以此为依据进行小试设计并进行试验则必然失败。因为在相关的资料上可看到酰胺键在碱性水溶液中很易水解的结论。若综合考虑这两篇资料就有可能进行正确的工艺设计，即控制 pH 值进行反应。实验结果表明，3-氨基乙酰苯胺用溴乙烷以乙酸钠为缚酸剂在 pH 6～9 左右反应就能得到很好的收率。

（2）**注意收集相关的资料**　有直接的资料固然好，但许多时候非常可能找不到直接的资料，这时候就应查询相关的资料，比如同系物的合成，相同机理的合成等，这对有直接参考资料的工艺也往往有很大的参考作用。例如，文献中找不到直接用硫酸二甲酯对对羟基苯甲醛进行甲基化的资料，但可找到用硫酸二甲酯进行 O-甲基化的许多报道，及对羟基苯甲醛 O-烷基化的许多资料，综合上述资料确定对羟基苯甲醛的甲基化小试工艺。

（3）**开发过程中不断查阅**　在开发过程中往往会遇到很多新的问题，会产生很多新的思路，这时候就应不断查阅适应新思路的资料。例如，作者在 N-乙基苯胺和丙烯酸甲酯进行 N-烷基化反应时发现，在反应过程中出现丙烯酸甲酯聚合的副反应，这时就应寻找出现此副反应的资料，对工艺加以改进，如采取滴加丙烯酸甲酯、加阻聚剂、对丙烯酸甲酯进行稀析、降低温度等方法。

1.2.2　物性参数及分析方法

物性参数往往有关开发的工艺过程、安全、分析、设备、运输等，必须尽可能搜集完全。比如，液体的沸点相差大就可考虑采用蒸馏分离；水相有机相溶解性相差大就可考虑萃取分离等；易气化的要考虑密封措施等；易爆炸的特别要注意设备和操作的安全等。还有如物料密度等对投料量计算和反应设备规格类型的选择都有较大的作用。

分析是化学实验的"眼睛"。如果没有一个合适的分析方法，往往要事倍功半。分析方法的选取要根据原料产品的性质、反应的性质以及分析要达到的目的来确定。一般有机合成反应常用的检测方法是熔点、沸点、折射率、气相色谱（GC）、高效液相色谱（HPLC）、薄层色谱（TLC）、红外光谱（IR）、气相质谱（GC-MS）、核磁共振（NMR）等。有机合成用得最多的是熔点、GC、HPLC、TLC 等方法。分析资料的查阅也要根据直接和参考的原则来确定，即能直接查到最好，若查不到直接的分析方法，可查类似物质的分析方法作参考。

1.2.3　有关经济数据

经济数据包括原料、产品的价格、生产现状，生产和储存设备、能源价格，工人工资、贷款利息等，即要完成一篇可行性报告所必需的所有数据及考虑工艺能正常生产所需要的物质条件的信息。

在一个产品开发前对一个工艺进行初步的经济评价是非常有必要的。因为这个工作可避免走许多弯路。实际上，这方面资料一直没有得到工艺开发人员的足够重视。

1.2.4　市场资料

市场资料与经济资料有关，但要深化和广泛，这包括有关原材料、产品、设备、动力等的价格及可能收集到的变化信息，还有劳动力价格等；可能的话还应收集有关的产供销情况，做到心中有数。这里要紧的是供求平衡问题，即市场需求问题。这不光要了解直接相关的产品的情况，还应了解较远的上下游产品的情况。这需要供应销售部门的配合。

1.2.5　物料衡算和能量衡算资料

物料衡算需要知道整个过程的各种物质的输入量和输出量。一般不可能完全知道所有物质的情况（如一些副反应产生的物质），所以一般是写出可以确定的物质的量，不能确定和回收的一般放在三废中。三废中，要知道总量及大约的污染物的量，以便于三废治理方案的设计。进行物料衡算可以确定设备规格、运输量、仓储容量等，是非常关键的一个工作。

能量衡算主要指电能和热能两方面。电能的统计可以为企业供电设备的设计确定依据。热能衡算可以为企业需要多少蒸汽以及冷冻提供依据。

对中小企业来说，一般余量较大，因此，要求不是十分高，但是非常有必要。

物料衡算对一个工艺的完善是非常重要的，同时对相关的分析技术有相当高的要求。例如，对下述反应：

$$\text{(3-氨基乙酰苯胺)} + 2C_2H_5Br \xrightarrow{\text{缚酸剂}} \text{(3-}N,N'\text{-二乙基乙酰苯胺)} + 2HBr$$

利用 3-氨基乙酰苯胺和溴乙烷反应合成 3-N,N'-二乙基乙酰苯胺的过程中，我们可以通过物料衡算得出整个体系的收率到底可以达到何种程度。譬如在 3000L 的搪玻璃反应锅中投入 1200kg 水、500kg 3-氨基乙酰苯胺、437kg 乙酸钠、834kg 溴乙烷，然后搅拌升温反应 7~8h，中控取样并用 HPLC 分析至 3-氨基乙酰苯胺的转化率为 99% 左右，然后冷却，将上述物料慢慢加入到 8000L 的溶有 306kg 氢氧化钠的 3000kg 冰水中，将产品析出。离心过滤，洗涤（洗涤水的量约 500kg），得到滤饼和母液体。滤饼烘干得到成品 3-N,N'-二乙基乙酰苯胺。计算收率。理论收率按 3-氨基乙酰苯胺计算为 686.8kg。一般产品收率在 92%~93% 左右。现在问题是产品收率有没有可能再提高呢？我们可以从物料平衡着手。这个体系是比较简单的，物料的流向如图 1-1 所示。

反应过程中还有一个中和过程，即生成的 HBr 最后与氢氧化钠反应生成了溴化钠和水：

$$HBr + NaOH \longrightarrow NaBr + H_2O$$

另外，投料时溴乙烷是过量的，过量 14.8%（摩尔比），约 107.3kg，这部分溴乙烷在反应过程中会水解。我们基本上可以假设它水解完全（实际上还有少量没水解完），水解后与氢氧化钠反应生成醇：

$$C_2H_5Br + NaOH \longrightarrow NaBr + C_2H_5OH$$

乙酸钠在反应过程中是与溴化氢反应的，但中和水析后又变回乙酸钠，它只是起到了中介作用。因此反应后总的物质量为：

水：1200＋3000＋500＋120＝4820（kg）

乙醇：45.3kg

乙酸钠：437kg

产品（理论上）：686.8kg

溴化钠：788.1kg

总的重量：6777.2kg

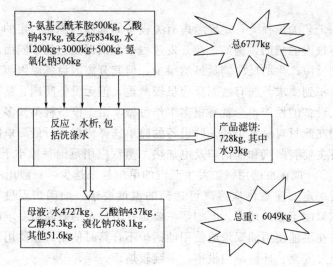

图 1-1　物料衡算

但实际上，产品可能只有 728－93＝635(kg)。另外约 7.5％产品以其他方式到母液中去了。若要提高收率就必须搞清楚在母液中的这些物质。经详细 HPLC 外标法定量分析得出，这 51.6kg 其他物质中有约 34kg 产品、2kg 原料以及 10kg 3-N-乙基乙酰苯胺，即只上了一个乙基的产品，还有的是其他的杂质。要提高收率现在有两个途径，一是让 2kg 原料和 10kg3-N-乙基乙酰苯胺都转化为产品，这就需要加大溴乙烷的用量，而溴乙烷过量太多会增加水解，从而导致原料成本上升，经济和操作上都不合理。还有一种办法是将母液中的产品分离回收出来，这就需要研究产品在水中的溶解性。结果发现，产品的溶解性与水的 pH 值、温度、溴乙烷、乙醇的量等都有较大的关系，通过控制这些因素和水的用量可以从中回收出约 20kg 产品，使收率从 92.5％左右提高到 95.4％左右。

上述例子实际上是物料衡算的一个最简单的例子。通过物料衡算不仅可为提高收率指明方向，而且给出了废水的量和其中的主要物质，为废水处理方案的选择提供了依据。如溴化钠回收有没有可能？乙酸钠可不可回收？等等。

1.3　选题

有关资料搜集完成后，可依据此进行课题设计和评价。如一个新产品开发可能有多种工艺路线，如何选择一条进行开发研究需要有一定原则，这个原则可主要从先进性、经济性、安全性、环保性等几方面进行确定。然后根据确定的课题进行工艺方案设计。有了工艺方案设计，就可初步完成可行性报告，然后据此确定是否确定立项。

项目立项后要根据进程完成小试方案，正式开始项目。然后再根据进度完成下步的工作。

另外，在工艺的选择上一定要考虑有关设备的选择问题。一定的设备知识对正确的开发会有很大的帮助，例如，在开发过程中会依据工艺的不同而出现不同的副反应。有些副反应产生的反应物量虽然很少，但其分离因设备原因而达不到要求就可能使质量达不到要求，而有些副反应虽较严重，但无设备问题，就可能成功。当然，提高化工设备的性能本身就有很多工作可做。由于设备种类繁多，专业知识要求较高，我们在此只对最常用的一些设备的简单选择依据进行最简单的分类介绍。

加热设备主要有蒸汽和油锅炉及电加热。蒸汽应用范围一般小于160℃，过热蒸汽可达180℃。现在自己用锅炉发生蒸汽的单位越来越少，一般用的是热电厂的蒸汽。使用时一定要注意供应蒸汽可达到的温度要求。油锅炉温度可达300℃以上，用于蒸汽温度不够的地方。电加热主要是针对特定的有高温要求的设备，温度可更高，一般在不能使用油锅炉或使用油锅炉不合算时使用。在使用油锅炉、电加热设备时要经过安全、环保部门批审，手续较烦琐。

制冷设备有冷冻机，根据可达温度的范围可分为以下几级：冷水0～10℃、低冷－20～0℃、中冷－20℃以下，也称为深冷。各个级别对设备的要求各有不同，一般在－20～0℃左右。冷水机组、低冷设备比较容易安装操作，深冷机组要求相对就较高，投资较大，因此选择工艺时一定要考虑到，尽量使设备容易选择。更低的温度要用到更特殊的设备和介质，如液氮等，但不太常见。

真空泵有蒸汽喷射泵、水冲泵、机械泵等。在一般情况下，如输送物料分离沸点较大的物料等，水冲泵足可应付。蒸汽喷射泵和水冲泵联用真空度可达10～15mmHg❶，水冲泵可达15～20mmHg，机械泵一般也在这个范围。要达到更高的真空度，则要求使用高真空设备，投资将大大增加。要注意的是真空系统的选用应基于应用物料的性质。同时要注意现在环保要求越来越严，由于水冲泵会造成二次污染，用水量较大，现在用得越来越少。但它的使用非常稳定、安全。

另外，反应压力一般可分为常压（0MPa）、低压（0～0.5MPa）、中压（0.5～

---

❶　1mmHg＝133.322Pa。

4MPa）、高压（＞4MPa）。

我们开发的工艺要尽量用到投资省、安全、环保、易操作、运行费用低且又能满足工艺要求的设备。例如，两个工艺一个是低冷就可，一个要深冷，前者就容易操作得多；一个要用中压以上，一个低压即可，那一般就会选择低压，因为操作比较安全。中压设备的投资就要比低压高很多，而高压的又要高出很多，并且有很多安全问题。

2　小　　试

小试前应当完成小试方案，对其目标、方法、进度、初步的经济可行性、可能产生的问题及备用方案等加以确定和规划。小试的目标应当为生产放大作准备，所以小试方案的设计要进行相关的规划，特别地，如对三废的初步处理方案、物料平衡、破坏性试验等必须加以考虑。由于设计工艺的不确定性，小试方案很难完全实行，一般要经多次调整或修改，但总的目标不能有大的改变。在小试完成后应当加以总结报告，并提出中试工艺方案。

2.1　小试的任务

小试的任务主要有以下几点，实践中可以根据不同情况，分清主次，有计划有组织地进行。

2.1.1　工艺路线和单元反应操作方法的确定

当原来选定的路线和单元反应方法在小试放大阶段暴露出难以解决的问题时，应重新选择其他路线，再按新路线进行小试。

在资料准备完成和方案评价完成后首先要进行小试。对有机化工产品来说，小试工艺的确定基于的主要基本原理就是有机合成单元反应的理论。

一个有机化合物的合成，往往可以由相同或不同的原料经由多种合成路线得到。有机合成首先必须要解决的问题在于：如何选择合成路线，根据什么原则来选择合成路线。一般来说，如何选择合成路线是个非常复杂的问题，它与原料的来源、产率的高低、成本的高低、中间体的稳定性及分离、设备条件、安全度及环境保护等都有关系，而且还受着生产条件、产品用途和纯度要求等的制约，往往必须根据具体情况、具体场合和具体条件作出合理的选择；然后还需要综合地、科学地考察设计出的每一条路线的利弊，择优选用。与一般的基础研究不一样，以生产为目的的应用工艺研究过程有其特殊性。通常在选择理想的合成路线时应考虑以下几方面的问题。

（1）原料和试剂的选择　每一条路线都要考虑原料和试剂的利用率、价格和来源。使用的原料种类应尽可能少一些，结构的利用率尽可能高一些。原料的来源是否有保障，能否自己生产，是否便于运输和贮存也是决定工艺成败的一个重要因素。原料的价格成本是否有优势很关键。原料市场是在不断变化的，因此，了解原料的生产工艺对于工艺将来的发展有着重要的影响。

（2）反应步数和总收率 合成步骤的多少直接影响到合成路线的价值，所以对合成路线中反应步数和反应总收率的计算是评价合成路线的最直接、最主要的标准。这里，反应的总步数是指从所有原料或试剂到达目标分子所需反应步数之和；总收率是各步反应收率的连乘积。在设计一条新的合成路线时，不可避免地会遇到个别以前不熟悉的新反应，因此简单地预测和计算反应总收率常常比较困难。选择合成反应时，一般主要从以下几个方面来考虑。

① 尽可能要求每个单元反应都具有较高的收率；这就要考虑到每个单元反应的机理、副反应、工艺条件。

② 应尽可能减少反应步骤。

③ 应用收敛型（汇聚型）的合成路线也可以提高反应总收率。所谓收敛型是先分别合成较大的中间体，然后将所得的中间体进行反应；相反的，还有一种线型合成是指将原料逐一进行反应，这比较适合于合成步骤少的简单分子。

④ 尽可能采用一锅法进行多步串联反应。在设计和实现一项高效、简捷的合成时，一个非常重要的环节是注意各步反应前后之间的衔接，应尽量减少繁琐的反应后处理工作和避免上一步反应物中的杂质对下一步反应的影响。

⑤ 尽可能避免和控制副反应的发生。因为副反应不但降低反应收率，而且会造成分离和提纯上的困难。

⑥ 尽可能将收率高的单元反应安排在后期，因为越到后期原料成本越高。

⑦ 不稳定的基团尽可能用在后期，否则易产生副反应，降低收率。

（3）中间体的分离与稳定性 任何一条两步以上的有机合成路线在合成过程中都会有中间体生成，理想的中间体应稳定且易于纯化。一般而言，合成路线中若有两个或两个以上相继的不稳定的中间体就很难成功。因此，在选择合成路线时，应尽量少用或不用存在对空气、水汽敏感或纯化过程复杂、纯化损失量大的中间体的合成路线。如有机金属化合物在实验室里应用很广泛，但在生产上用得很少，是因为它们太活泼，很不稳定。

（4）反应纯化设备要求 在设计合成路线时，应尽量避免采用复杂、苛刻的反应条件，如需在高温、高压、高真空或严重腐蚀等条件下才能进行的反应。因为在上述条件下进行的反应，需要采用特殊材质、特殊设备，这就大大提高了投资和生产成本，也给设备的管理和维护带来一系列复杂问题。在分离、纯化工艺设计中设备也应当易实现。当然，对于那些能显著提高收率、缩短反应步骤和时间，或能实现机械化、自动化、连续化、显著提高劳动生产力以及有利于劳动防护和环境保护的反应，即使设备要求高些、技术复杂些，也应根据情况予以考虑。

（5）安全 在许多精细有机合成反应中，经常遇到易燃、易爆和有毒的溶剂、原料和中间体。为了确保安全生产和操作人员的人身健康和安全，在进行合成路线设计和选择时，应尽量少用或不用易燃、易爆和有毒的原料和试剂。同时，还要考虑中间体的安全和毒性问题。

（6）环境保护　在设计和选择新的合成路线时，要优先考虑"三废（即废气、废水、废渣）"排放量少、容易治理的工艺路线，并对路线过程中存在的"三废"的综合利用和处理方法提出相应的方案，确保不再造成新的环境污染。

（7）经济分析　企业的生产最后要归结到成本，综合成本低的工艺会优先考虑。成本包括投资、能耗、人力成本、原料成本、三废处理成本等，要进行一定的经济分析。

上述因素中最重要的因素是单元反应的影响，这在第二部分有所介绍。

2.1.2　反应条件的研究和优化

反应条件包括反应温度和升温降温速度、反应时间、溶剂、投料配比、催化剂、加料顺序及速度、回流比等，反应条件的研究特别是研究影响较大的几个因素。这个一般是工艺开发过程中重点研究的对象。如在一种原料中加入另一种原料反应时，可能反应是放热的，但刚开始时好象没有反应，因此就加快加料速度，这时就可能引起剧烈反应，温度突然升高，导致冲料及其他危险。一般实验室不可能做完全热能衡算，这种情况就可能经常发生。这时就要控制好加料温度和加料速度。当一种原料易分解时，更要注意加料顺序，因为易分解的原料在体系中浓度一高后就极易产生分解，从而导致原料单耗增加，并且可能产生危险。如水合肼、双氧水、氯化亚砜等这些物质都有这些性质。

2.1.3　破坏性试验

破坏性试验旨在搞清在何种工艺条件下反应比较稳定，何种条件下比较容易引起严重或破坏性的后果。主要研究的破坏性因素有反应温度及升温速度、反应时间、投料配比等。温度高于一定的值可能副反应会大量发生，导致收率严重下降；升温速度过快可能会导致放热反应的温度难以控制从而导致严重的后果；反应时间过长也可能会导致副反应发生严重，特别是对一些具有自催化作用的体系；这对生产控制非常重要。如一些过程中易产生自由基类物质的就有这个特性。由于过程中自由基会发生自聚作用，随着反应的进行，产物的收率会很快下降，因此反应时间不能过长，或副产物达到一定值时必须停止反应。如体系中有烷氧胺盐酸溶液时，在加热情况下，若控制不好，所有的产品都会分解为氯化铵，主要原因就是其中的 N—O 键在高温下会解离成自由基，引发副反应，而且还可能产生危险。

2.1.4　质量控制方案及方法确定

原料、反应过程、中间产品、产品的质量控制方案及方法的确定十分重要。原料质量控制中重要的是对反应有特别要求的一些杂质的控制。例如，KF 置换取代氯苯制备氟取代苯的无水反应经常要控制原料的水分，卤化的自由基反应要控制原料中水分和铁等金属离子的含量等。反应过程中的控制主要是要检测原料的转化率、主要产物和副产物的含量（反应的选择性），特别要注意副产物含量快速增加和转化率基本不增加的阶段。中间产品质量的控制主要是要考虑其质量对下几步工艺的影响，特别是其中会对下几步反应造成影响的副产物和杂质的含量；产品的质量控制方案要与销售部门联合确定，这是制订所有质量控制方案的前提。

2.1.5　物理性质和化工常数的测定

为中试以及生产工艺中的安全措施必须提供必要的依据，原材料、中间体的物理性质和化工常数的测定，如比热容、黏度、爆炸极限等。这个一般根据要求测定。对中小企业来说完全搞清楚这些是不太现实的，因为成本非常高。

2.1.6　物料衡算

为解决生产瓶颈环节，提高效率，回收副产物并综合利用以及防治三废提供数据。

2.1.7　生产工艺数据确定

初步确定消耗定额、原材料成本、确定操作工时与生产周期，为中试提供依据。

2.1.8　异常情况的处理

如生产过程控制不好出现次品等异常情况，如何设定处理方案来减少损失；中间控制出现异常时采用如何补救办法等。

2.2　小试的注意事项

如何多快好省地完成小试也是一门较深的学问。

2.2.1　小试方案的设计

由于化工工艺的影响因素错综复杂，小试方案的设计是重要的一环。一般来说，确定小试方案中的主要影响因素有两个方法。一是理论上的分析，就是根据反应的机理和相关的文献资料分析一个反应工艺中主要的影响因素，然后根据这些影响的重要性分别进行研究。二是先进行探索性试验，通过试验发现主要的影响因素，然后再进行工艺优化。探索性试验一般根据文献资料先选择一个工艺条件进行反应，并不断进行中控分析，来分析反应过程中的变化情况，然后再确定主要的研究目标。譬如，在一定配比和一定温度下反应，不断分析反应过程的变化；如果转化率增长很慢，说明温度、介质或催化剂不合适；如副产物初期就增长很快，说明温度、介质等条件不合适；如副产物在前期增长较慢而到一定时间后突然增长很快，就说明反应时间不合适或有自催化过程，即在反应过程中生成了某种物质促进了副产物的增长；如果反应到后期原料基本上不转化，则说明配比不合适或有平衡存在，需要考虑配比和温度的改变等。当经过几个探索性试验后，即可就几个主要影响因素进行正交优化试验或单因素优化试验以完成工艺条件的优化。由于化学反应的各个影响因素的重要性相差较大，正交试验往往难取得较好的结果，有时候还是单因素试验可靠。

另外，小试方案的形成必须经过技术部门集中讨论。因为一个人的思路往往相对较狭隘，许多时候考虑问题不周全，若小试方案不合理，就会造成较大的物力以及人力损失。

2.2.2　实验的观察和记录

很多时候小试实验员都是按设计好的方案开始实验，然后在一定时间后取样分析，再看实验结果。实际上，对小试中各种现象的观察是非常重要的，有时候这往往是实验成功与否的决定性因素。譬如，颜色的变化、相的变化、搅拌引起的变化、温度的突升或突降、回流量的变化、密封性的变化、加料的顺序与速度等都可能与实验结果密切相关。因此，小试时应当尽可能详细地记录各种工艺参数和突发情况，同时还应当记录室温、天气等，因为有时外界条件影响非常重要，如一些反应要无水条件，若天气潮湿就可能会带来不同的实验结果。另外，每个小试后面都应有分析检测结果及对结果的分析，这样有利于整理思路，便于下一步实验工作的开展。

2.2.3　小试分析结果的数据分析

很多分析测定结果可能与预计的相差很大，这就要分析这些分析结果的可信度。分析测试经常会因各种问题出现偏差。例如取样，反应液经常是非均相的，如何取样有代表性就很有讲究，有必要时就必须对两相都进行分析。还有如样品处理，分析水相中的有机物经常采用萃取的方法，萃取是否合理、是否完全就非常重要。又如气相色谱、液相色谱分析中对峰形的分析，哪些是不合理的，哪些可能是残留的，哪些可能是进样不合理造成的，都应当有所了解。一个不合理的分析结果会误导研究思路而造成损失，所以，一个好的工艺工作者对常用的检测方法必须有较深的理解，这是一个新手最易出错的地方，由于对分析结果的误判往往导致走很多弯路。

2.2.4　结果的分析总结和工艺修正

很多小试方案是非常理想化的，与实际会有较大偏离。每次小试结果出来后都应及时分析总结，并根据结果对其他的小试方案进行适当调整，以更快更好地完成小试工作。若要对小试方案作出大的调整，需要经过慎重的分析和讨论。

2.2.5　稳定性试验和破坏性试验

小试工艺稳定的标志是可以稳定重复试验 $3\sim5$ 次以上，或同一个小试工艺经不同实验员可以验证。小试完成还有一个比较重要的标志，就是要考察工艺在一定条件范围内的稳定性，即必须有破坏性试验的数据，其中最主要的数据是温度。一个工艺的条件由于主要受生产设备所限制，在很窄的范围内实现是不现实的，必须有一定的范围。一般来说，工业生产允许的温度范围在 $10℃$ 左右。另外，破坏性数据对有强热效应，特别是强放热的反应来说是非常重要的，因为此时传质、传热对工艺都会有较大的影响，因此要考虑工艺中间停水、停电等突然事件，以便将来生产出现类似情况后有较好的对策。

2.3 小试方案选择举例

肟醚是一系列重要的农药、药物中间体：$\begin{matrix} R' \\ R'' \end{matrix}\!\!>\!\!C\!\!=\!\!N\!\!-\!\!OR''$，其中 R' 可为烷基、H 等。从文献查阅可知，合成方法一般有两种：

$$\begin{matrix} R \\ R' \end{matrix}\!\!>\!\!C\!\!=\!\!N\!\!-\!\!OH + R''X \longrightarrow \begin{matrix} R \\ R' \end{matrix}\!\!>\!\!C\!\!=\!\!N\!\!-\!\!OR'' \tag{1}$$

$$\begin{matrix} R \\ R' \end{matrix}\!\!>\!\!C\!\!=\!\!O + H_2NOR'' \longrightarrow \begin{matrix} R \\ R' \end{matrix}\!\!>\!\!C\!\!=\!\!N\!\!-\!\!OR'' \tag{2}$$

后一种方法要用到的 O-烷基胺，价格比较高，很多是通过上述过程的逆过程制备的。该反应在酸性条件下以逆反应为主，在碱性条件下以正反应为主。因此用此方法不多，只有在某些比较特殊的场合用。

第一种方法的原料肟可用羰基化合物和盐酸羟胺在碱性条件下合成，烷基化剂 $R''X$ 可为各种卤化物、硫酸酯（如硫酸二甲酯、硫酸二乙酯）等常用的烷基化剂。但在反应中有几个副反应要注意：

① 肟的脱肟反应。有两个原因：一个是肟化的逆反应，在碱性较弱或酸性条件下很容易进行；二是肟键的断裂，肟键键能较小，易在高温下生成自由基，生成一系列副产物，因此肟的醚化应尽量在强碱性和低温下进行。

② 脱肟后羟胺会被烷基化剂烷基化，除 O-烷基化外，也会生成 N-烷基化，从而使平衡更加向脱肟方向移动。N-烷基化反应的发生与烷基化剂的活泼性、温度有关，烷基化剂越活泼、温度越高，此类反应越易进行。

③ 若肟有 α-氢，如丙酮肟、丁酮肟等，在强碱性条件下会发生缩合，生成一系列副反应。温度越高、碱性越强，缩合越易发生。

因此，要获得好的收率，在反应中要注意几个问题：

① 尽量避免水的存在，以减少肟键生成的逆反应——脱肟反应；

② 温度不能太高，否则会有一系列副反应；

③ 要求烷基化剂的 O-烷基化的活性较高，但 N-烷基化的反应活性不能太高，否则脱肟反应同样严重。

若需要制备 O-甲基丙酮肟醚，我们该选择何种工艺制备？假设已知丙酮肟从丙酮氨氧化而得。

在丙酮肟的醚化过程中要用到丙酮肟（难溶于水，可溶于大部分有机溶剂如醇、酮、DMSO、DMF 等）、甲基化剂（常用的有硫酸二甲酯、碳酸二甲酯、碘甲烷、溴甲烷、氯甲烷、重氮甲烷）、缚酸剂（中和 O-甲基化过程中产生的酸，一般是 NaOH、KOH、K_2CO_3 等）。

由于丙酮肟羟基有一定的酸性，很多资料是首先将肟制备成肟钠盐，然后再进行 O-烷基化，以增加活性，这样可以避免脱肟、低活性的问题。但由于肟键的不稳定性，在制备肟钠盐的过程中有很多问题，总体说效果不太好。

甲基化剂的选择：重氮甲烷是最活泼的一种甲基化剂，但其制备及使用都很危险，只能现制备现使用，一般不予考虑；碘甲烷是一种很活泼的甲基化剂，但价格很高，且由于其分子量大，反应所需要的重量就多，导致成本太高，一般也不予考虑；硫酸二甲酯是一种很活泼的甲基化剂，价格也低，但它是一种剧毒的化合物，国家控制使用；溴甲烷、氯甲烷在常温下是气体，储存、使用不太方面，且活泼性较低，一般只适合有合适供应地的企业；碳酸二甲酯是绿色甲基化剂，但活性太低，只能在一些较特殊的场合应用。因此，一般甲基化剂选用硫酸二甲酯为多。

缚酸剂常用的是液碱（30%NaOH）、片碱（固体 NaOH），有些非水溶剂中使用 KOH、K_2CO_3，因为它们在一些偶极溶剂中溶解性较好，有利于反应的进行。

下面讨论一下具体的工艺开发工作过程。

① 在用水作反应介质、硫酸二甲酯作甲基化剂、NaOH 作缚酸剂时，反应可在 50～60℃顺利进行，但在醚化过程中会有大量丙酮产生，说明脱肟副反应很严重，收率只有 55%～60%；在反应的中控中还发现有一定量的 N,O-二甲基羟胺生成，说明硫酸二甲酯活性较高，对脱肟生成的羟胺及 O-甲基羟胺上的 N 也进行了烷基化，从而导致平衡向脱肟方向移动，因此反应时间越长，收率越低。例如，反应时间若从 3h 延长到 4h，收率下降到 40%左右。

② 考虑到脱肟副反应中的一种是肟水解生成丙酮与羟胺的反应，因此在反应中考虑以丙酮作溶剂以抑制水解副反应，但 NaOH 在其中溶解性不好，反应时间较长，分解较多，收率也不高，只有 50%左右。按文献在甲醇溶液中反应，同样有 N,O-二甲基羟胺生成，收率也很低，这说明硫酸二甲酯的活性太高。

③ 硫酸二甲酯的毒性太大，且太活泼，因此考虑使用绿色甲基化剂碳酸二甲酯作为甲基化剂。但碳酸二甲酯 O-甲基化活性太低，只有在 100℃以上才有可能进行，此时肟键高温分解副反应非常严重，收率很低。

④ 为此，考虑其他甲基化剂的性能。对溴甲烷、氯甲烷作为烷基化剂的可能性进行了试验。在压力釜中用水作为反应介质时，溴甲烷、氯甲烷由于在水中溶解性太差，反应不好，还需要有压力反应釜，设备要求较高。用醇作溶剂时由于 NaOH 溶解性不好，也反应不好，副反应较多。用 DMSO 作为溶剂时，反应可在 40℃左右就能很好反应，经过滤除盐、萃取、精馏分离后收率可达 80%以上，得到了较好的结果，且基本没有废水产生，过滤出的盐是氯化钠或溴化钠，易处理。在反应过程中，保持体系的强碱性有利于反应的进行，用 K_2CO_3 由于碱性弱而效果不好，KOH 价格太高；在投料比例中，NaOH 要过量才有利于反应的进行。用离子液体［Bmim］BF_4、［Bmim］OH 等作为溶剂时，由于离子液体对 NaOH 及

其他原料的溶解性很好，还有一定的催化作用，反应在 30℃左右就可顺利进行，副反应更加少，收率可达 85% 以上。但离子液体价格较高，故使用成本也较高，但它没有污染、易回收利用，因此长期来说是有发展前途的。

从上述案例我们可看到，在一个工艺开发过程中，要考虑到底物、进攻试剂、溶剂、反应条件、三废、经济、后处理等各个因素，但其基础是有机合成的原理。

3 中　　试

中试是指在小试基础之上进行的必要的放大试验，其目的是充分验证小试工艺的可行性和放大效应。在小试完成后提出中试方案。

3.1　中试的重要性

当研发的实验室工艺完成并且工艺路线经论证确定后，一般都需要经过一个比小型实验规模放大 50～100 倍的中试试验，以便进一步研究在一定规模装置中各步反应条件的变化规律，并解决实验室阶段未能解决或尚未发现的问题。

简单地说，中试就是小型生产模拟试验，是小试到工业化生产必不可少的环节。根据小试实验研究工业化可行的方案，中试为工业化生产提供设计依据。虽然化学反应的本质不会因实验生产的不同而改变，但各步化学反应的最佳反应工艺条件，则可能随实验规模和设备等外部条件的不同而改变。

研究机构一般侧重于小试研究，而企业侧重于工业化生产。由于人力、物力和资金的关系，中间实验往往被研究机构和企业所忽视，这往往会导致较大的损失。

3.2　中试的任务

中试是从小试实验到工业化生产必经的过渡环节，是为工业化的工艺设计和设备选型提供依据。它是在模型化生产设备上完成由小试向生产操作过程的过渡，确保按操作规程能生产出预定质量标准的产品；其设备的设计要求、选择及工作原理与大生产基本一致。所以，中试放大的任务是验证、复审和完善实验室工艺所研究确定的合成工艺路线是否成熟、合理，主要经济技术指标是否接近生产要求；研究选定的工业化生产设备结构、材质、安装和车间布置等，为正式生产提供最佳物料量和物料消耗等数据。总之，中试放大要证明各个化学单元反应的工艺条件和操作过程，在使用规定的原材料的情况下，在模型设备上能生产出预定质量指标的产品，且具有良好的重现性和可靠性。同时，产品的原材料单耗等经济技术指标能为市场接受；三废的处理方案和措施能为环保部门所接受；安全、防火、防爆等措施能为消防和公安部门所接受；提供的劳动安全防护措施能为卫生职业病防治部门所接受。

3.3　中试的条件

试验进行到什么阶段才进行中试呢？简单地说，中试是将小试工艺和设备结合来进行试验。所以进行中试至少要具备下列条件：

① 合成路线确定，操作步骤明晰、反应条件确定、提纯方法可靠等。

② 小试的工艺考察已完成。已取得小试工艺多批次稳定翔实的实验数据；进行了3~5批小试稳定性试验说明该小试工艺稳定可行。

③ 对成品的精制、结晶、分离和干燥的方法及要求已确定。

④ 建立了质量标准，检测分析方法已成熟确定，包括最终产品、中间体和原材料的检测分析方法。

⑤ 某些设备，如管道材质的耐腐蚀实验已经进行。

⑥ 进行了初步物料衡算。

⑦ 三废问题已有初步的处理方法。

⑧ 已提出原材料的规格和单耗数量。

⑨ 已提出安全生产的要求。

⑩ 已根据小试结果提出中试操作规程，并经讨论确认。

3.4　中试放大研究的内容

3.4.1　生产工艺路线的复审

一般情况下，单元反应的方法和生产工艺路线应在小试阶段就基本确定。中试放大阶段只是验证具体工艺操作和条件是否适应规模化设备的要求，以期获得的工艺能适应工业化生产。若选定的工艺路线和工艺过程在中试放大试验中暴露出难以克服的重大问题时，就需要复审小试工艺路线，修正其工艺过程。

3.4.2　设备材质与类型的选择

开始中试放大时应考虑所需的各种设备的材质和类型，并考查是否合适，尤其应注意接触腐蚀性物料的设备材质选择。

3.4.3　搅拌器类型与搅拌速度的考查

有机合成反应中的反应很多是非均相反应，其反应热效应较大。在实验室中由于物料体积较小，搅拌效果好，传热、传质的问题表现不明显。但在中试放大时，由于搅拌效率的影响，传热、传质的问题就突出地暴露出来。因此，中试放大时必须根据物料性质和反应特点注意研究搅拌器的型式，考察搅拌速度对反应规律的影响，特别是在固液非均相反应时，要选择合乎反应要求的搅拌器方式和适宜的搅拌速度。

3.4.4　反应条件的进一步研究

实验室阶段获得的最佳反应条件不一定能符合中试放大的要求。应该就其中的主要影响因素，如放热反应中的加料速度、反应罐的传热面积与传热系数，以及制冷剂等因素进行深入的试验研究，掌握它们在中试装置中的变化规律，以得到更适合的反应条件。

3.4.5 工艺流程与操作方法的确定

在中试放大阶段由于处理物料量的增加，会导致物料传送等具体操作问题，故有必要考虑反应与后处理的操作方法如何衔接，以适应工业化生产的要求，特别要注意缩短工序，简化操作。

3.4.6 原材料和中间体的质量控制

中试过程中要完善原材料、中间体的物理性质和化工参数的测定，并完成原材料和中间体质量标准的制定。小试中质量标准有欠完善的要根据中试实验进行修订和完善。

3.4.7 物料衡算

当各步反应条件和操作方法确定后，就应该就一些收率低、副产物多和三废较多的反应进行物料衡算，以提高效率、回收副产物并对其进行综合利用，以及为防治三废提供数据。

3.4.8 试生产工艺参数的确定

消耗定额、原材料成本、操作工时与生产周期等进行确定。

3.4.9 试生产方案的确定

在中试研究总结报告的基础上，可以进行基建设计、制定定型设备的选购计划、设计制造非定型设备、按照施工图建筑生产车间的厂房和安装设备。在全部生产设备和辅助设备安装完毕后可进行正式试生产。

3.5　中试流程和方法

中试流程图如图 3-1 所示。

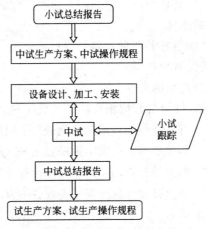

图 3-1　有机中间体工艺开发中试流程

中试放大的方法有：

① 经验放大：主要是凭借经验通过逐级放大（小试装置—中间装置—中型装置—大型装置）来摸索反应器的特征。它是目前有机中间体合成中采用的主要中试方法。

② 相似放大：主要是应用相似原理进行放大。此法有一定局限性，只适用于物理过程放大，而不适用于化学过程的放大。

③ 数学模拟放大：是应用计算机技术的放大，它是今后发展的方向，但现实中的应用目前还有难度。

此外，微型中试装置的发展近来也很迅速，即采用微型中间装置替代大型中试装置，为工业化装置提供精确的设计数据。其优点是费用低廉，建设快。

3.6　中试注意事项

① 中试是小级别的生产，费用较高，不允许多次失败，否则会造成很大的损失。因此设计中试方案要慎重，操作不能随意变化，要严格遵守操作规程。小试一次成功就是成功，生产一次失败就是失败，这同样适用于中试。

② 中试是较复杂的一个过程，涉及到设备、生产管理、后勤、质检、技术等各个部门，其中任何一个环节都会对它造成较大的影响，因此，应当有一个中试领导小组，一般由总工或技术负责人组成，来负责协调各部门。另外要注意的是，中试时必须有车间技术人员在场，便于生产时接受生产技术。

③ 中试时由于设备变大、投料量增加，传质和传热过程与小试相差较大，经常会出现与小试不一样的情况，因此要特别注意中控。当中控出现没有把握的情况时，一定要进行小试跟踪，确定原因并有措施后再进行中试，否则极易造成损失。而且在每一关键步骤都应取样进行小试跟踪，即用中控样在实验室完成下步反应，对比中试与小试的结果，以判断工艺的稳定性和可靠性。这往往非常实用。

④ 一次中试后，应就相关中试与跟踪小试结果进行分析总结，对下一次中试工艺参数进行适当调整后，再进行下一次中试。切记不可在开始时就连续进行中试，否则极易造成损失。

⑤ 中试工艺稳定后，应进行3～5批连续试产，待产品收率、质量以及参数控制都稳定后才算中试合格。

⑥ 中试时考察设备能力和设备布局是一个非常重要的内容，中试设备及其布局的设计要有较大的灵活性。

⑦ 中试时应当有详细的操作记录，并注意详细的资料收集，包括原材料的检测报告、中控的检测报告、操作人员签名等。

⑧ 中试时要注意留样，包括中控样品以及每一步的中间产品、母液、废渣等，在有问题时便于查找原因。留样的量要能满足足够检测和2～3次小试使用的要求。

小试可以重来一遍，但中试就不可能随意重来，否则损失太大。

　　⑨ 中试时必须有技术人员在现场，随时观察情况以及分析与小试的差别，以便及时采取应对措施。

　　⑩ 中试完成后，提供完成一份中试报告，并根据中试结果提出试生产方案。

4 试 生 产

试生产是指在正式生产设备上进行工艺与设备磨合优化的过程。试生产后可以对设备、管道、工艺参数等进行必要的调整，以达到最优的生产条件。

4.1 试生产的重要性

试生产是验证生产设备与工艺匹配程度的必要程序。虽然工艺经过了小试和中试，但生产设备与中试设备不管从规格上还是从布局上都会有所差别，从而导致中试的工艺不一定完全适合生产工艺。为使生产效率达到更高的要求，有时就必须对设备或工艺进行一定的调整，如针对搅拌速度、升温速度、加料量、设备布局等。另外，前后工艺设备的衔接是否出现问题等，也都是稳定生产必须解决的问题。

4.2 试生产的任务

要验证各个化学单元反应的工艺条件和操作过程，在使用规定的原材料的情况下，在生产设备上能生产出预定质量指标的产品，且具有良好的重现性和可靠性。产品的原材料单耗等经济技术指标能为市场接受；三废的处理方案和措施的制订能为环保部门所接受；安全、防火、防爆等措施能为消防、公安部门所接受；提供的劳动安全防护措施能为卫生职业病防治部门所接受。

4.3 试生产必须满足的条件

要进行试生产必须满足下列一系列条件：
① 稳定的中试工艺和中试总结报告。
② 完成试生产方案和操作规程。
③ 完成设备设计和安装。
④ 完成环保和安全审批：试生产需要安监和环保单位确认后才可进行，因此必须完全配备好安全和环保设施并可实行。
⑤ 操作人员经过适当的技术、安全等培训。
⑥ 合理的试生产领导小组，一般是总经理总负责协调，总工负责具体实施，包括供应、设备、生产、安全环保以及技术等部门，负责对整个试生产过程进行协

调、监督、控制。

4.4 试生产的内容

① 生产工艺路线在生产设备上的验证。
② 反应条件的进一步研究。
③ 生产工艺流程与操作方法的确定。
④ 中控方法与中间体的质量控制指标和方法的最终确定。
⑤ 完成物料衡算，确定消耗定额、原材料成本、操作工时与生产周期等。
⑥ 确定生产操作规程。

4.5 试生产流程

如图 4-1 所示。

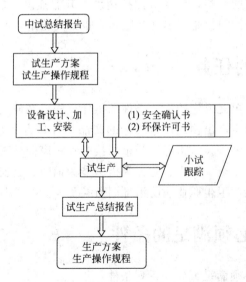

图 4-1 有机中间体工艺开发试生产流程

4.6 试生产注意事项

① 由于投料量增加，试生产时更不能出错，否则极易造成大的经济损失和环保、安全事故。所以投入试生产前中试工艺一定要能稳定生产 3～5 批以上才可。
② 试生产时与中试一样要注意中控样、中间产品等留样与小试跟踪，以便产生问题时查找原因。

③ 试生产时相关人员特别是相关技术人员要跟班，注意观察生产现象的变化，及时获取试生产中各种数据，有必要时可暂停试生产，等小试验证或检测分析结果确定后再进行。

④ 试生产过程中有时会对设备及其布局进行调整，以更好地适应生产需要。因此，有时候试生产设备布局要有一定的灵活性。

⑤ 试生产一个非常重要的任务是要做好物料衡算及能量衡算，为正式生产提供可靠的参数和经济分析数据，因此在试生产过程中要注意这方面的数据收集。

⑥ 试生产出的产品就是要销售的产品，因此对生产过程中的质量控制方案要同时完全形成。

5　质检和统计

在试验过程和生产过程中除了要注意观察实验现象外，还要有正确的分析手段分析实验结果。分析在生产上一般分为原料分析、中控分析和产品分析，这在科研上也适用。一些生产、分析数据的统计在生产上往往会起到意想不到的作用，在此也作一些分析。

5.1　原料分析

原料分析的作用一般在于确定原料的含量和质量是否达到了要求，主要目的是为了保证投入合格和足够的原料。质量分析包括对主含量的分析和主要杂质组分的分析，而不是进行全面的检测。如在偶极溶剂中对氯代物用 KF 进行氟置换时，对原料水分的控制就非常重要；又如在芳烃侧链自由基氯化时，原料中铁含量的指标就应当加以测定。

5.2　中控分析

中控分析是很关键的一步。中控分析主要是为了随时监测反应过程中的转化率和副反应发生的情况，以便在异常情况出现时（如温度超温或物料投料不准等造成反应不正常等）及时分析，采取对策，也是为了在反应达到一定程度后及时进行下一步操作从而提高生产率。若中控分析不及时或不准确就会造成数据失实，在生产中就可能造成物料损失，得不到合格的产品。如用氯甲烷作烷基化剂进行烷基化反应时因反应锅密封出现问题而造成原料损失，中控就会发现转化率偏低，从而可以找出原因，补加原料，使反应正常进行。又如在芳烃侧链氯化过程中中控发现副产物明显升高，这时就可怀疑是否温度控制有问题或有铁屑混入原料或其他原因造成，从而采取对策，避免不必要的损失。若中控失误在反应未完成时就进行后处理，这样得到的产品肯定不能满足要求。在反应过程中出现异常情况后一般要进行详细中控分析以了解对反应到底达到什么程度以便采取必要的措施。在试验过程中采取中控措施可完整监测反应过程，从而更完整地了解反应，使各因素的作用显得更明确。

对中控分析来说，开发人员自己若能掌握一定的分析技能则可提高效率，这相比于原料分析、产品分析尤为突出。因为分析人员一般并不熟悉工艺，而中间过程的成分尤为复杂，因此分析人员不可能对分析过程中出现的各种物质的变化提出解释，从而可能忽略许多重要的信息。如一个反应可能产生很多物质，而分析人员可能只分析出了其中的几种，这样就有必要重新考虑分析方法，这时就必须要有开发人员的参与。又如，许多时候色谱图中可能出现异常峰，若开发人员对分析过程有所了解，结合工艺知识就可较好地判断出此峰的来源。另外，分析中还可能出现各种错误，如采样、进样、仪器等相关方面的错误，若不了解工艺和分析的人就可能给出一个错误的结果，这时就有必要结合两方面的知识进行分析判断，从而得出正确的结论。

中控分析的数据积累对技术的改进也有很大的帮助。因为中控的结果比产品结果更能准确地体现反应的结果。

5.3 产品分析

产品质量分析是控制产品质量和完整生产工艺非常重要的一环。在生产刚开始时要根据客户要求进行全面分析。在稳定以后可以节省成本分析其中关键的几个，但必须在一定期限内跟踪进行全分析以确保质量。

5.4 统计

除分析数据外，与技术人员相关的还应做好相应的统计工作，以方便从统计数据中发现问题。常见的统计数据涉及原料厂家，每批产品的收率和质量，操作记录和操作班次等。若从周、月等统计数据发现异常情况就可查找原因，改进工艺。

6 报告撰写简要

报告撰写是开发工作的一个重要组成部分，工作报告撰写不好可能会大大降低开发工作的质量。报告撰写也是与他人交流的主要形式，要他人承认工作报告主要的内容。

研发工作中的报告主要分可行性报告、方案设计报告、试验总结报告、操作规程等四大块。下面分别简单介绍。

6.1 项目可行性报告

（1）产品性能及市场分析 介绍产品结构、性能、主要应用、发展情况、生产情况以及市场供应情况。

（2）原料及产品技术指标 所有原料及其技术指标，一些特殊原料的供应情况及要求；所有产品的质量指标及要求。

（3）生产工艺简述

① 文献工艺介绍 简述相关文献内容，并说明自己选择工艺的优缺点及依据。

② 工艺流程 介绍产品生产的工艺过程，一般用流程图清楚表示，并简要注明工艺条件如温度、压力等，大约说明生产工艺的要求，是否有特殊的要求。

若有多步反应，可分几个工艺步骤介绍，以便更清楚地说明。

③ 物料平衡 根据上述工艺流程图及工艺参数绘制物料平衡图，并据此计算和确定下列内容：

ⅰ.有关设备大小规格、数量。

ⅱ.各种原料需要量，一般包括每批次、每日、每月、每年的量。

ⅲ.三废量及三废主要成分（这对于环保的分析和设计非常重要）。

ⅳ.企业进出物料量。

ⅴ.仓储面积和容积、车间面积及设备布置方案。

ⅵ.操作岗位数。

ⅶ.用水量、用电量、用汽（气）量等。

物料平衡计算是化工企业设计的一个基础。

（4）主要工艺设备及设施 按照预定生产量及生产工艺预估所需主要设备及配备设施，并对设备及设施所需的投资额进行估算。一般列表介绍，如表 6-1 所示。

表 6-1 主要工艺设备

No	设备名称	设备规格材质	设备数量	设备单价/元	金额/万元
	合计				

① 主要工艺设备 包括反应设备、分离设备、计量设备、储存设备等，要有规格、材质、数量等。

② 其他设施 主要包括公用工程：冷冻、真空、空压、蒸汽、三废治理、水、电等公用工程设施的规格、数量等；还有厂房、仓库、办公楼等的面积和高度等要求。同时需要估算投资。

还有就是水、电、汽（气）的消耗量，有时还要据此估算单位产品的能耗。

（5）经济效益分析

① 生产成本核算 首先要核算固定投资，包括上述设备、设施及建设费用等。然后要核算生产成本。

生产成本中主要一项是原料成本，一般需单独核算。要根据预估工艺收率及消耗进行估算，如表 6-2 所示。

表 6-2 原料成本

No	原料名称	规格	单耗/(kg/kg)	单价/(元/kg)	金额/元
	合计				

生产成本主要包括表 6-3 中所列项，一般折算为每吨产品的成本。

② 产品市场售价 通过市场调研判断。

③ 经济效益和投资回收期 根据预期生产规模分别计算：年销售收入、年销售成本、年税金、年利润；同时要计算投资回收期。

一般来说还要计算盈亏平衡点并进行风险分析。再详细的还要进行现金流量计算等。

（6）环境保护和劳动保护

① 环境保护 要分析本工艺所产三废的估算量、大约成分及相应的简要处理方案，估算大约投资及费用。

② 劳动保护 要分析本工艺过程中的安全因素，包括原材料、中间产品、产品的毒性、安全性，生产工艺过程的安全性、毒性并简要提出相应的安全保护措施。

（7）结论 对本项目做出初步结论，分析本项目的可行性，并介绍项目的意义。

表 6-3　主要生产成本

No	项　　目	成本/(万元/t)	备　　注
1	原料成本		
2	折旧		
3	设备维修费用		
4	动力成本		
5	三废处理成本		
6	包装运输		
7	工资福利		
8	财务费用		
9	管理销售费用		
合　计			

注：1. 要参照国家对相关资产的折旧的具体规定，很多精细化工企业内部核算时有些变化，因为产品、工艺不一样，对设备等损害也不一样。一般来说，折旧计算要注意区分设备和设施的不同情况进行，如办公、仓库用房屋等折旧可以 20～30 年折，车间房屋以 10～20 年折，真空、冷冻、三废处理、储罐等公用工程一般以 10～15 年折，直接生产设备如反应釜、离心机、过滤器等以 3～10 年折，一般以 5 年折。

2. 设备维修费用根据生产工艺不同实际中有很大差别，但一般以直接用于生产的设备的投资额的比例计算，譬如，直接用于生产的设备与附属设备（如相关公用工程、储槽等）的总投资的 2%～5%计。

3. 动力成本要根据水、电、汽（气）等耗量及价格进行估算。

4. 三废处理成本：包括废气、废水、废渣等处理成本，废气、废水一般企业内部处理到一定程度后排放或排放到集中处理部门，而有机废液或废渣一般有专门的处理部门；考虑三废处理时要考虑资料回收利用的可能性，若可以则可减少处理压力并增加经济效益。

5. 根据岗位数计算出所需人数，并根据当前报酬水平计算工资福利。

6. 管理销售费用一般按产品销售价的 5%～8%核算，这主要视产品的价格及产品的性质而定。

6.2　方案设计报告

包括小试、中试、试生产方案设计报告。

6.2.1　小试方案设计

小试方案设计报告主要包括以下几个部分：

① 标题、单位、时间。

② 项目需要解决的问题及意义。

③ 文献简述：总结概括前人的工作，并进行分析讨论，提出设计工艺的依据。

④ 设计工艺介绍：介绍设计工艺的原理、优缺点、需要解决的问题。

⑤ 小试方案设计：介绍主要试验的工艺条件及分析检测要求，包括以下内容。

ⅰ. 选定方案的依据，如为何要选择此种催化剂、温度、时间等进行试验；

ⅱ. 实验过程和操作步骤，即如何进行实验；

ⅲ. 如何对反应过程进行检测、跟踪、分析，如用何种方法对原料、中控样品、产品进行检测，何时取样，如何确定反应终点等；

ⅳ. 产品的质量要求，即主要检测何种指标；一般开始进行工艺试验时不进行完全检测而只分析主要的项目，而在后期才进行完全检测，这是为了控制开发成本和加快进度；

ⅴ. 初步进行物料衡算。

⑥ 小试所需原材料、设备。

⑦ 人员及进度安排：必要的实验人员、检测人员安排及进度要求。

6.2.2　中试方案设计

中试方案设计主要包括以下几个部分：

① 标题、单位、时间。

② 小试工艺简述：总结小试工作并进行分析讨论，为中试工艺提出依据。

③ 中试设计工艺介绍：介绍设计工艺的原理、优缺点和存在的需要解决的问题。

④ 中试方案设计：介绍主要试验的工艺条件及分析检测要求，包括以下内容。

ⅰ. 选定方案的依据，如为何要选择此种催化剂、温度、时间等进行试验；

ⅱ. 实验过程和操作步骤，即如何进行实验；

ⅲ. 如何对反应过程进行检测、跟踪、分析，如用何种方法对原料、中控样品、产品进行检测，何时取样，如何确定反应终点等；

ⅳ. 产品的质量要求，即主要检测何种指标；

ⅴ. 进行物料衡算的要求。

⑤ 中试所需原材料、设备：原料质量控制要求，设备要求及设计方案；大约费用。

⑥ 人员：要成立中试项目领导小组，必须有必要的小试跟踪实验人员、检测人员安排，以及中试技术人员、中试操作人员、生产技术人员、中试后勤人员，包括安全人员等。

⑦ 进度安排：必须要满足 5 次左右中试稳定收率、稳定质量后才能算完成。若有问题，还必须尽快返回小试进行补充实验验证。

⑧ 附件：中试操作规程，根据小试报告提出。在中试过程随着问题的发现要组织中试小组讨论以进行必要的修改。

6.2.3　试生产方案

试生产方案设计主要包括以下几个部分：

① 标题、单位、时间。

② 项目需要解决的问题及意义。

③ 中试工艺简述：总结中试工作并进行分析讨论，为试生产工艺提出依据。

④ 试生产设计工艺介绍：介绍设计工艺的原理、优缺点和存在的需要解决的问题。

⑤ 试生产方案设计：介绍主要试验的工艺条件及分析检测要求，包括以下内容。

ⅰ. 选定方案的依据，如为何要选择此种催化剂、温度、时间等进行试验；

ⅱ. 试生产过程和操作步骤，即如何进行实验；

ⅲ. 如何对反应过程进行检测、跟踪、分析，如用何种方法对原料、中控样品、产品进行检测，何时取样，如何确定反应终点等；

ⅳ. 产品的质量要求，即主要检测何种指标；

ⅴ. 如何进行物料衡算；

ⅵ. 如何向车间移交技术。

⑥ 试生产所需原材料、设备：原料质量控制要求，设备要求及设计方案；大约费用。

⑦ 人员：要成立试生产项目领导小组，包括企业主要领导、中试项目组主要技术人员、车间主要负责人和技术人员，必须有必要的小试跟踪实验人员、检测人员安排，还要确定试生产操作人员、后勤人员、安全人员等。

⑧ 进度安排：必要的培训、设备加工安装都要考虑在内。试生产必须要满足5次以上试生产稳定收率、稳定质量后才能算完成。若有问题，还必须尽快返回小试或中试进行补充实验验证。

⑨ 试生产操作规程：要有正式的试生产操作规程，若需改变，必须通过试生产项目领导小组批准。

6.3 总结报告

6.3.1 小试总结报告

① 标题、单位、时间。

② 小试过程的简述：包括参加人员、试验时间、试验数量及内容等，并进行简要总结。

③ 小试总结：是本报告的主要部分，可分为以下部分。

ⅰ. 设计工艺介绍，一般可简要重复方案设计中的内容。包括综述有关文献工作，提出存在和要解决的问题，并提出解决问题的简要方法和结论。

ⅱ. 实验：介绍实验所用的试剂、设备、操作过程及一些现象。

ⅲ. 实验结果与讨论：这是报告的主要部分，一般根据要讲述的问题分类介绍实验内容并进行讨论。并且一般依据对工艺的影响因素重要性依次进行分析，如催化剂的影响、溶剂的影响、反应温度的影响、原料配比的影响、反应时间的影响、搅拌的影响、回流的影响、压力的影响、设备的影响等，对不同的反应有不同的考虑；有时要用到正交试验设计的结果。

在讨论过程中一定要注意完全忠实于实验结果，不可随意将实验结论扩展，以免得出错误的结论。另外，在讨论时也要充分发挥实验数据的作用，尽可能多地提出问题和解决问题。一个报告的质量主要是依据所解决的问题的多少及有何价值来评价的，但报告能提出多少有价值的问题也是要考虑的重要因素之一。一个作者的水平在一定程度上主要体现在作者依据一定的数据能提出多少有价值的问题和得出多少有价值的结论。有时数据多并不能说明问题，而主要在于依赖于尽可能少的有用的数据得出更多的结论和提出更多的问题。

ⅵ. 结论：简要叙述所得到的结论。总结出优化实验工艺条件。给出小试初步的物料衡算结果。对可能存在的小试解决不了的问题及可以进一步进行试验的内容进行介绍，为中试方案设计提供基础。

④ 小试结论，说明工艺是否可行，是否需要补充实验。

⑤ 中试方案建议，并完成中试操作规程初稿。

有时要对小试进行阶段总结，一般这时只需前三部分。

6.3.2　中试报告总结

① 标题、单位、时间。

② 中试的意义和目的简介。

③ 中试过程的简述：包括中试领导小组人员、参加人员、试验时间、试验地点、试验数量及内容等，并进行简要总结。

④ 中试工艺总结：是本报告的主要部分，可分为以下方面。

ⅰ. 中试工艺介绍，一般可简要重复方案设计中的内容。

ⅱ. 中试厂房设施介绍。

ⅲ. 中试数据分析：一般依据对工艺的影响因素重要性依次对比小试工艺进行分析，如催化剂的影响、溶剂的影响、反应温度的影响、原料配比的影响、反应时间的影响、搅拌的影响、回流量的影响、压力的影响、设备的影响等，对不同的反应有不同的考虑。若没有与小试太大的不同，可简要分析。

ⅳ. 总结优化实验工艺条件。

ⅴ. 给出中试初步的物料衡算结果。

ⅵ. 中试消耗原辅料、新增设备投资、财务费用等总结。

ⅶ. 改进和提高要求：对可能存在的中试解决不了的问题及可以进一步进行试验的内容进行介绍，为试生产方案设计提供基础。

⑤ 中试结论，说明对中试的结果认可程度，如工艺是否可行，或哪一方面需进一步研究等。

⑥ 试生产方案建议，并提出试生产操作规程初稿。

6.3.3　试生产总结

① 标题、单位、时间。

② 试生产的意义和目的简介。

③ 试生产过程的简述：包括中试领导小组人员、参加人员、试生产时间、试

生产地点、试验数量及内容等，并进行简要总结。

④ 试生产工艺总结：是本报告的主要部分，可分为以下方面。

ⅰ. 试生产工艺介绍，一般可简要重复方案设计中的内容。

ⅱ. 试生产厂房设施、设备等，可列表介绍。

ⅲ. 试生产数据分析：着重分析与中试、小试工艺有差别的地方，并进行分析。

ⅳ. 总结优化试生产工艺条件。

ⅴ. 给出试生产的物料衡算结果，为正式生产提供各方面的依据。

ⅵ. 总结试生产消耗原辅料、新增设备投资、财务费用等。

ⅶ. 提出改进和提高要求：对可能存在的中试生产解决不了的问题及可以进一步进行试验的内容进行介绍，为进一步改进提供基础。

⑤ 试生产结论，给出是否可以进行正式生产的结论，或是需要进一步研究。

⑥ 生产方案建议，给出生产操作规程初稿。

6.4 操作规程

小试一般有实验方案，其中有操作步骤的设定，而没有操作规程。但对中试，由于设备较大，投料量较多，一般有操作规程。而对试生产，则必须有操作规程，根据操作规程进行操作。

操作规程一般包括下述几部分内容：

① 操作规程名称。

② 产品名称或代号。

③ 产品概述：包括名称、简称、分子结构式、化学分子式、分子量、CAS号等。

④ 化学反应式：写出化学反应式，并标出各个原料和产物的分子量，便于物料衡算和投料配比核算。

⑤ 投料量及物料配比：将整个工艺按设备或操作分成几个操作步骤，列表标出每个步骤需要加入的原料，包括原料名称、规格、量、摩尔比等，以便投料时核对和检查。如表6-4所列。

其中备注可用来表示物料的形式和注明一些需注意的事项，如需要配成溶液的浓度、不能吸潮、如何保存等。投料量可以以合适的单位表示，如 kg、L 等。摩尔比一般以最主要的原料为基准进行计算，有时候需要用质量比例表示，则可在配比一栏标出。

⑥ 操作步骤：是操作规程中最核心的部分。包括从领料开始，到设备检查，加料顺序和方式，设备操作顺序，升温程序，中间体、产物检测等一系列按时间顺序进行排列的操作步骤。按操作过程分为合适的几个小段（一般以主要设备的操作

进行分段）进行描述。也可列表表示。如表 6-5 所示。

表 6-4 操作规程物料计量

步骤	名　称	规　格	投料量	投料比		备注
				摩尔比	配比	
备注						

表 6-5 操作规程中操作步骤及操作过程

步　骤	操　作　过　程	备　注
1	领取原料并记录数量、含量、产地	
2	检查电力供应是否正常,反应釜 R1(名称)是否干净、底阀是否关闭,各加液储罐与反应釜连接是否正常,搅拌以及各阀门是否正常	
3	反应釜进真空,计量加入 X_1 kg 原料 A。关闭真空,打开人孔盖,投入 X_2 kg 原料 B;关闭人孔盖,反应釜进真空,计量加入 X_3 L 原料 C,关闭真空。启动搅拌,反应釜夹层进冷液,降温至 0℃(0~5℃)	
4	检查反应釜 R2 是否干净、底阀是否关闭;必要时用水冲洗后再使用。向反应釜内计量加入 X_4 L 水;启动搅拌,投入 X_5 kg 原料 D;搅拌 30min 使 D 全部溶解,然后 R2 夹层进冷液,降温至 0℃(0~5℃)待用	
5	把配制好的冷 D 水溶液滴加到 A、B、C 的混合液中。滴加时间:2~3h,滴加温度:0~5℃。加完 D 水溶液后,在 0~5℃下搅拌反应 5h	
6	反应结束后,向反应釜 R2 内滴加入 X_6 kg E 水溶液(X_7kg 水 + X_8 kg E),进行第一次洗涤。滴加时间:约 30min。滴加时关闭冷液,加完 E 水溶液后,在 15~20℃下搅拌 30min。停止搅拌,静置至少 30min;分去下面的水层	注:配制 X_9%(质量分数)的 E 水溶液
7	向反应釜 R2 内加入 X_{10} L 水,进行水洗。加完水后,在 15~20℃下搅拌 15min。停止搅拌,静置至少 30min;分去下面的水层	
8	向反应釜 R2 内加入 X_{11} kg 无水硫酸钠,进行脱水。加完无水硫酸钠后,在 15~20℃下搅拌 60min。过滤,得到浅黄色 F 液体,低温保存	
9	称量(约 X_{12}kg)	注:理论量 Xkg

第二部分 基本原理

7 热力学与动力学的基本原理与应用

本章主要举例介绍热力学、动力学和分离在有机中间体合成研究中的一些应用知识。这些知识经常会应用到，如应用得当会起到事半功倍的作用。

7.1 热力学

热力学是指化学反应过程中有关平衡的一种理论，通俗地说就是化学反应在一定条件下能不能发生且能达到什么程度的一种理论。每个可逆的化学反应都有一个依赖于温度、介质等条件的平衡常数 $K^{\ominus}$。

基本上所有化学反应都伴随着副反应，而副反应同样存在着可逆过程。常见副反应的类型对各单元反应都不一样，且与温度及其他反应条件等密切相关。一般地，温度越高，副反应就会越严重，

温度对平衡的影响非常大。通常来说，对于吸热反应升高温度有利于平衡的转化，而对于放热反应则相反，即降低温度有利于反应物的转化。在研究过程中发现有时转化率达到一定程度就不能再提高，这就有必要考虑是否有平衡的问题。浓度对平衡的影响也是很明显的，一种反应物浓度提高可增加另一种反应物的转化率。这在生产中很有用，比如我们为提高一种价格很高的反应物的转化率，就可通过增加另一种价格较低的反应物的浓度来达到，这样可降低生产成本。另一种影响如增加易分离原料来提高难分离原料的转化率，从而降低后处理的难度。

压力的影响在液相、固相反应中的一般情况下难以观测到，但在气相反应时就必须考虑。

7.2 动力学

实际中热力学和动力学问题是经常一起出现的。动力学是反映一个反应进行的快慢程度。影响热力学的因素同样会影响到动力学，而温度对动力学的影响是以指

数形式出现的。在有副反应时（绝大部分反应都存在副反应），两者相互的影响就更加复杂。

譬如，温度高时平衡不利而且副反应较严重时，就必须降低温度，但降低温度会导致反应时间延长，降低生产率，这样在一定程度上就必须采取其他措施来解决动力学问题，如使用催化剂、更换溶剂等。

同时考虑动力学和热力学问题是为了解决反应的转化率和副反应以及反应速率问题，以便达到更快更好地完成反应。

7.3 应用举例

7.3.1 利用热力学和动力学原理控制副反应

每一个反应从理论上说都存在副反应，因此要提高产品的质量就要很好地控制副反应的发生。副反应的控制主要通过热力学的方法来控制，即尽量在不降低主反应质量的同时减少副反应产生的程度。

例如，考察 3-氨基乙酰苯胺的 N-乙基化反应。其主反应为：

$$\text{(NH}_2,\ \text{NHCOCH}_3\text{ 苯环)} + 2\,C_2H_5Br \xrightarrow{\text{缚酸剂}} \text{(N(C}_2H_5)_2,\ \text{NHCOCH}_3\text{ 苯环)} + 2HBr$$

副反应为水解反应，即酰胺键在水的存在下水解为酸和胺：

$$\text{(NH}_2,\ \text{NHCOCH}_3\text{ 苯环)} + H_2O \longrightarrow \text{(NH}_2,\ \text{NH}_2\text{ 苯环)} + CH_3COOH$$

水解反应在酸性条件和碱性条件下都易发生，温度高时也易发生，而乙基化反应在碱性条件下易进行，因此两者存在一定的矛盾。为得到合格的产品，原有工艺是利用非水溶剂甲醇或乙醇下用氧化镁为束酸剂以控制比较温和的 pH 范围来进行，带来较高的生产成本和较差的生产环境，同时也带来了环境污染。为改进生产工艺，希望用水来代替醇溶剂进行生产，则必须考虑水解的副反应问题。首先要详细了解原料及产品的水解行为。此结论应当也适合其中间产物间单乙基氨基乙酰苯胺的水解特性。结果表明，在 pH 大于 11 或小于 5 时在 40℃左右水解就很严重，而在 pH 5.5~9 间在 80℃左右副反应也很少发生，在 pH 9~11 和 5 左右时高温下有一定的水解发生。因此只要主反应在 pH 5.5~9 间在 70℃左右能正常进行即可达到我们的目的。采用缓冲溶液体系控制反应体系 pH 在 5.5~9 间在 70℃左右进行乙基化反应，结果很好，这样就解决了问题，较好地控制了副反应。但结果表明，若整个反应过程中体系的 pH 均处于低值范围，则反应进行得较慢。

7.3.2　利用平衡原理控制转化率

以 N-乙基苯胺和丙烯酸甲酯的反应为例。原有工艺是在醋酸催化下于 $90\sim$ 100℃反应，N-乙基苯胺最高转化率在 89% 左右。由于分离很难进行，产品含量只能达到 86% 左右，使产品质量难以提高。因此为提高产品质量，其关键就在于提高转化率。导致转化率低的原因是动力学原因还是热力学原因？这要充分了解才可针对性地解决问题。我们增加反应时间，使反应时间延长 1 倍或 2 倍，但转化率并不提高，这说明不是动力学原因，那么转化率低只能是热力学原因，即平衡的原因。解决热力学原因有两种方法，一是增加另一种反应物的量以促进主原料的转化，二是改变反应温度使平衡常数发生变化。由于丙烯酸甲酯过多会导致其共聚副反应的发生而使质量下降，故应采取改变温度的方法。通过实验我们发现温度高不利于反应的平衡，而温度低有利于原料的转化，在温度降到 50℃ 左右时转化率可达到 99%，而在 90℃ 只能达到 89%，故有可能达到高的转化率。但温度的降低会导致反应的速度明显下降，原来在 18h 可完成的反应现在要 60∼70h 才能完成，从而导致了丙烯酸甲酯的共聚副反应的严重发生以及生产率的下降。故必须解决此反应的动力学问题。我们通过实验知道，只要增加一种溶剂就可在 10 多个小时内完成反应，而此溶剂在后续过程中要使用到，故不需分离，因此较好地达到了我们的目的。

再举一个例子是，在分散紫 93# 的偶合过程中，一般要提高重氮组分的转化率才能得到好的质量和得率，有时反应进行得不顺利，反应到正常结束时间重氮盐还未消失，就可能需要补充一些偶合组分，延长时间，以提高重氮盐的转化率，才可能得到合格的产品和高的收率。

8 分离原理及其应用

理想的反应是百分之百的转化，而没有副反应。但这在现实中是不存在的。实际中的反应结束后，产物中总是存在着未转化完全的原料、副产物以及溶剂等。为了得到合格的产品，就必须把产品尽可能多且尽可能纯的分离出来。这是化工生产中很关键的一步。

有关分离的方法很多，可供的选择也很多，但要针对性地应用好这些方法则需要有一定的技巧。分离的关键是要了解清楚要分离物质的性质差别。两种物质在水中于不同温度下溶解性相差较大的就可考虑采用结晶过滤方法，如分散染料滤饼不溶于水和酸，而其原料溶于酸，因此可采用固液分离的方法进行分离；两种物质在不同相中溶解度相差较大的可考虑采用萃取方法，如对甲氧基苯甲醛在水中有一定的溶解度，要从中分离完全就可用乙醚萃取的方法；两种物质沸点相差较大的可考虑采用蒸馏方法，如丙烯酸甲酯（沸点约 60℃）和醋酸（沸点约 82℃）及 N-乙基苯胺（大于 100℃）的分离就可用蒸馏方法。在特殊情况下还有其他一些分离方法可应用，如膜分离、柱色谱等，但这些不是太常用。

下面简单介绍常用的有机中间体合成中的几种分离方法。

8.1 蒸馏和精馏

蒸馏和精馏，包括减压蒸馏或精馏以及水蒸气蒸馏是最常用的分离方法之一，用于分离有较大沸点差别的物质。由于沸点的限制，一般只能用于分离低分子量的物质，在精细化工生产中常用于溶剂的分离和回收。当组分沸点相差较大时，可直接采用简单蒸馏完成。但当沸点相差较小时，就要采用精馏完成。精馏工艺根据要求不同也有很多种类，要选择合适才可能有较好的效果。精馏工艺和设备的选择好坏对生产的能耗和质量都有较大的影响，应当通过专业设计较好。

对沸点相对较高的物质，或对热不稳定的物质来说，有时采用减压蒸馏。但减压蒸馏或精馏需要真空系统，同时对尾气的回收有较高的要求，一般需要经过吸收、冷凝、二次冷凝等措施。

水蒸气蒸馏是将水蒸气通入不溶于水的有机物中或使有机物与水经过共沸而蒸出的操作过程。它是用来分离和提纯液态或固态有机化合物的一种方法。此法常用于下列几种情况：①反应混合物中含有大量树脂状杂质或不挥发性杂质；②要求除去易挥发的有机物；③从固体多的反应混合物中分离被吸附的液体产物；④某些有机物在达到沸点时容易被破坏，采用水蒸气蒸馏可在 100℃ 以下蒸出。若使用这种方法，被提纯化合物应具备以下条件：①不溶或难溶于水；②在沸腾状态下与水不起化学反应；③在 100℃ 左右，该化合物应具有一定的蒸气压（一般不小于 13.33kPa，即 10mmHg）。很多酚、胺、硝基化合物可用这种方法分离。

8.2　结晶分离

结晶也是最常用的分离方法之一。产生过饱和是结晶产生的前提。按产生过饱和度的方法可分为以下三种：①冷却结晶。将溶液冷却，使之成为过饱和。此法对于溶解度随温度降低而显著减小的物系尤为适用。②蒸发结晶。除去部分溶剂使溶液成为过饱和。此法适用于温度变化对溶解度影响不大或具有逆溶解度（溶解度随温度下降而增大）的物系。③真空结晶。将溶液在真空下闪急蒸发，溶液在浓缩和冷却双重作用下达到过饱和。此法在工业结晶中应用最广。此外，还有盐析结晶（向溶液中加入溶解度大的盐类，以降低被结晶溶质的溶解度，使达到过饱和）等其他方法。

结晶工艺中溶剂的选择是最核心的。如何使用低毒、易回收、成本低的溶剂回收更加多的纯品是结晶的目标。但产量与质量往往是矛盾的。结晶过程中还有冷却速度、温度、搅拌、容器形状等也都有较大影响。当然，结晶用的原料好坏对结晶是有很大影响的。因此，结晶工艺和设备的设计也需要仔细考虑。

8.3　过滤和离心分离

过滤有常压过滤和加压过滤，加压过滤又称压滤。过滤和离心分离是常用的分离固液两相物质的方法。分离目标产物不同时，要求也不一样。如果想要液体，常采用过滤方法；若要固体，常采用离心方法。但选择分离方法时，还要考虑到固体、液体量的多少，以及液体和固体的性质。过滤得到的滤饼一般含固率较低，离心得到的含固率较高。含固率及过滤的效率与固体的颗粒大小和形态密切相关。有时难以过滤时则可以加助滤剂。压滤常用在生产量较大的产品的过滤，可以增加过滤效率和含固率。过滤设备一般可以请专业加工单位帮助设计加工，但如何提高过滤以及离心效率与固体析出的工艺有较大关系。

8.4　干燥

干燥是分离溶剂和固体的常用方法，根据物料和溶剂性质不同及产品要求不同可分为各种干燥方法。如被干燥物料热稳定性较差可以采用真空干燥或冷冻干燥，对颗粒有一定要求的可采用气雾干燥。也可让干燥设备专业设计厂家根据要求设计加工。

8.5 萃取

萃取是根据物质在两相中溶解性不同的性质进行分离的一种方法。一般是用有机溶剂从水相中分离或用水相从有机溶剂中将产品洗出。萃取中的几个注意点如下所述。

① 萃取剂的选择。被萃取物质在萃取剂中的分配系数越大越好。但也要考虑萃取剂的毒性、安全、价格以及回收成本等因素。

② 少量多次原则，可有效地提高萃取效率，降低萃取剂的消耗；但过分强调就会造成操作成本的增加，而且有时由于萃取后浓度太高导致难以分层，因此要选择合适。

③ 易分层，不然导致操作困难。萃取时不易分层的原因有以下几方面：两相密度相差较小，这时可以在水相加一些盐或选用其他萃取剂，或稀析促进分层；有乳化现象，减少剧烈搅拌，或采用某些破乳方法，如加盐、破乳剂等；色差不明显，可采用必要的加色措施等。

④ 温度的影响，有时候直接影响萃取效率和分层效果。

⑤ 加助剂的方法，如水层有时加盐可有助于有机物萃取，加碱时有助于从有机相脱除酸性组分等。

8.6 中和、水析、盐析

中和是一种常用的将酸或碱从溶剂中分离出来的方法，其原理是物质的酸或碱的形式一种是溶于溶剂，而另一种是难溶于溶剂的，如苯磺酸钠易溶于水，而其酸形式的苯磺酸就难溶于水。

水析是将有机溶液加到水中，溶剂在水中稀析，从而溶质的溶解性下降析出。这种方法效率很高，但与结晶方法相比会带来废水增加、溶剂回收困难增加的问题。这里的溶剂要有良好的水溶性，一般是甲醇、乙醇、丙酮、DMSO 等。

如 $3-N,N-$二乙基乙酰苯胺用乙醇作溶剂的工艺生产时，最后得到的是产品的乙醇溶液。可以通过浓缩、冷却结晶的方法获得产品，但有灰分高、生产效率低等缺点。若将乙醇溶液加到水中进行水析，就可很容易地得到质量较好的产品。但乙醇与水混合后存在如何回收的问题。

盐析在化工生产中的很多分离场合都得到应用，其原理是通过在水中加盐增加盐的浓度改变物质的溶解性从而促进物质的分离。最常用的如磺酸盐在水中有相当大的溶解性，加入大量食盐后就可通过同离子效应促进磺酸盐的沉淀。极性较小的有机物若在水中有一定的溶解性时，也可通过在水溶液中加盐使有机物容易分离出来，从而更易蒸馏回收、萃取等。但用盐析方法后加入了大量的盐，存在回收及废水处理的问题。

8.7　其他分离方法

如柱色谱、膜分离以及分子蒸馏等各种现代分离方法，需要专业人员进行设计加工，一般投资较大，采用得不是特别多。但对一些药物分离来说，有时则非常需要。

9 合成机理概述

有机反应机理常见的可分为亲核反应、亲电反应、自由基反应等几类。相同机理的反应往往在很多方面有类似的表现。因此，学好机理是提高工艺研发水平很关键的一个基础。绝大部分应用于药物合成的反应机理是前三种机理。

9.1 亲核反应

亲核反应是指亲核试剂对带有正电荷的碳进行进攻。亲核取代反应可分为两类，一类是单分子亲核取代反应（S_N1），另一类是双分子亲核取代反应（S_N2）。单分子亲核取代反应过程中的解离速率取决于解离后所生成的碳正离子的稳定性。碳正离子稳定性高，中间过渡态稳定性也高。反应中，亲核试剂以均等的机会从平面的两侧进攻，得到构型保持与转型的两种产物，就光学活性而论，应为外消旋混合物。碳正离子中心带有正电荷，结构的变化能使正电荷离域或分散时，则可使碳正离子稳定。根据影响分子中电子云密度分配的电性效应（诱导效应和共轭效应），下列各组碳正离子相对稳定性顺序为：

$$H_2C=C-CH_2 > CH_3-\overset{CH_3}{\underset{CH_3}{\overset{|}{\underset{|}{C^+}}}} > CH_3-\overset{H}{\underset{CH_3}{\overset{|}{\underset{|}{C^+}}}} > CH_3-\overset{H}{\underset{H}{\overset{|}{\underset{|}{C^+}}}} > H-\overset{H}{\underset{H}{\overset{|}{\underset{|}{C^+}}}} \quad (a)$$

$$C_6H_5-\overset{C_6H_5}{\underset{C_6H_5}{\overset{|}{\underset{|}{C^+}}}} > C_6H_5-\overset{H}{\underset{C_6H_5}{\overset{|}{\underset{|}{C^+}}}} > C_6H_5-\overset{H}{\underset{H}{\overset{|}{\underset{|}{C^+}}}} \quad (b)$$

碳正离子的稳定性随正电荷中心碳原子上烷基、苯基和环丙基的数目增加而增大。

双分子亲核取代反应（S_N2）在反应中亲核试剂从离去基团相反的一面向底物进攻，并与中心碳原子相互作用，在逐渐形成新键的同时，离去基团被逐渐推出中心碳原子，使原有键断裂，从而生成具有高能量的过渡络合物。过渡态进行分解，离去基团带着一对电子离开中心碳原子并生成产物。

空间排列转化形成过渡态时，底物与亲核试剂的空间结构有显著的影响，离去基团小的底物和空间体积小的亲核试剂均有利于过渡态的形成。中心碳原子上取代烃基愈多，反应速率愈慢。离去基团吸电子性能的影响不如 S_N1 反应中的影响大。

S_N2 为协同反应，具有立体专一性，理论上构型发生反转，但实际上会发生一部分消旋化作用。

上述两种机理都是极限机理，很多时候都是同时存在。

亲核取代反应由于存在碳正离子的中间体，存在着消除和重排的副反应，同时，若体系中有多种亲核试剂存在时，就可能存在亲核试剂的竞争反应，若溶剂本身也含有亲核试剂的时候如水就要慎重考虑此类的副反应。

此类反应应用很广，如卤烷水解成醇、卤烷氨解成胺、卤素取代羟基或其他卤素进行卤代等反应。

由于亲核反应要有碳正中心，而芳香环上电荷比较多，因此，亲核反应主要是指脂肪族类化合物上的亲核取代反应，而芳香族上的亲核反应由于不活泼往往需要较苛刻的条件。

要注意的是这类反应的影响因素有：

① 温度。温度越高，越易产生消除和重排副反应。

② 介质。介质极性的不同可能导致反应机理和进攻试剂活性的变化。

③ 此类反应的工艺条件一般比较温和，但对有些很不活泼的底物的反应如卤芳烃水解可能要加些催化剂，在高温下水解。

9.2　亲电反应

亲电反应与亲核反应相反，是亲电试剂对带有负电荷的碳、氮、氧等原子进行进攻，如醛、酮的 α-位的溴化以及芳烃的烷基化等。

9.2.1　芳环上的亲电取代反应

芳环上的亲电取代反应有很多，包括硝化、亚硝化、磺化、卤化、烷基化、酰化等常见的单元反应。对这类单元反应要注意的几个问题如下所述。

它们的共同点为：都是亲电取代反应，因此结构影响因素类似，即芳环上给电子取代基团对反应有利，吸电子基团对反应不利；原有取代基团的定位效应一样，见表 9-1。

但这些单元反应也有很多的不同点，这主要是由基团本身的电子效应引起的，如硝基、酰基是强吸电子基团，就不易发生多取代副反应，且反应不可逆；磺基是中等的吸电子基团，取代质子的反应是可逆的，发生连串多取代副反应的可能性比较小；而卤素是弱的吸电子基团，烷基是给电子基团，这两类反应都易发生多取代副反应，且是可逆反应。因此，对不同的单元反应操作，副反应、收率就有较大的差别。

表 9-1 取代基的定位效应

定位效应	强度	取代基	电子效应	综合性质
邻位、对位	最强	O^-	给电子诱导效应，给电子共轭效应	活化基
	强	NR_2,NHR,NH_2,OH,OR	吸电子诱导效应小于给电子共轭效应	
	中	$OCOR$,$NHCOR$		
	弱	$NHCHO$,C_6H_5,CH_3 *,CR_3 *	* 给电子诱导效应，给电子超共轭效应	
	弱	F,Cl,Br,I,CH_2Cl,$CH=CHCOOH$,$CH=CHNO_2$	吸电子诱导效应大于给电子共轭效应	
间位	强	COR,CHO,$COOR$,$CONH_2$,$COOH$,SO_3H,CN,NO_2,CF_3 **,CCl_3 **	吸电子诱导效应，吸电子共轭效应 ** 只有吸电子诱导效应	钝化基
	弱	NH_3^+,NR_3^+	吸电子诱导效应	

9.2.2 脂肪族化合物上的亲电反应

脂肪族化合物上的亲电反应相当于形成碳负离子中心。碳负离子越稳定就越容易生成，反应也越易进行。碳负离子的相对稳定性与化学结构和外界条件都有关。一般说来，C—H 键的 s 轨道成分愈多氢质子愈易离解。因为杂化原子 s 轨道成分愈多，方向性小，同时成键电子对也愈靠近碳原子核，从而能量愈低。酸性随 s 轨道成分增加而增大。

另外，孤电子对与相邻原子的 π 轨道共轭时，可使负电荷分散在整个共轭体系中，从而较稳定，因此烯丙基型和苄基型负离子较为稳定。

$$Y = C - C^- \longrightarrow \left[Y \cdots C \cdots C \right]$$

当碳负离子中心与电负性更大的不饱和基团连接或与更多的不饱和基团连接时都会造成电荷更加分散，或离域程度更大，从而使碳负离子稳定性增强。当甲烷分子中的氢被电负性较强的—NO_2、—CN、—$COOR$ 置换时都会大大增加化合物的酸性和其共轭碱的稳定性：

	$CH_2(NO_2)_2$	CH_3NO_2	$CH_2(CN)_2$	CH_3CN	CH_4
pK_a	3.6	10.2	11.2	29	40

烷基的给电子效应使碳负离子中心负电荷增大，使碳负离子不稳定，因此随负碳中心烷基数目的增加稳定性递减。

为了形成碳负离子，一般需要用碱作催化剂夺去氢。

但脂肪族中碳正中心一般比较多，生成碳负中心后就可能发生多种可能的反应，所以反应的选择性要仔细考虑。

9.2.3 杂原子上的亲电反应

有机化合物中的杂原子主要是指 N、O 等，它们的电负性比碳大，在有机化合物中它们一般是负电中心，电荷比碳多，所以发生亲电取代反应一般比碳中心优先，反应条件也要温和一些。

杂原子上进行亲电取代反应常见的是 N-烷基化、N-酰化、O-烷基化、O-酰化等，分别生成胺、酰胺及醚、酯等。O-硝化、O-磺化则生成硝酸酯、磺酸酯。

但要注意，虽然亲电反应先在杂原子上进行，但从热力学稳定性上说，C 上的烷基化、酰化、硝化、磺化等产物一般比杂原子上更加稳定，所以温度增高、反应时间延长时会导致反应向热力学有利的方向进行，C 上取代产物会越来越多。这在工业上称为转位反应，也有很多应用。

9.3　自由基反应

自由基反应是指反应中以自由基为进攻试剂的反应，如光照下侧链芳烃用卤素的卤化等。它有如下三个特征：

① 反应发生后就能很快进行下去，具有快速连锁反应的特征；

② 由于自由基活性较高，它的反应选择性一般较低；

③ 很容易受一些物质抑制，这些物质能很快与自由基结合，使自由基反应终止，如酚类、醌类等。

自由基为具奇数电子的原子或原子团。自由基的相对稳定性可以用共价键的离解能或键能来衡量，离解能愈大，则形成的自由基的稳定性愈小。

自由基的稳定性与结构有关，受到电性效应和空间效应的影响。烷基自由基的相对稳定性顺序和碳正离子一样为叔＞仲＞伯。σ-p 超共轭效应使缺电子的 p 轨道电子云平均化，甲基愈多，电子云平均化程度愈大，稳定性也愈大。

烯丙基型和苄基型自由基比烷基、乙烯基和苯基自由基稳定：

$$\text{C}_6\text{H}_5\text{—CH}_2\cdot \, > \, \text{CH}_2\text{=CHCH}_2\cdot \, > \, \text{R}\cdot \, > \, \text{CH}_2\text{=CH}\cdot \, \approx \, \text{C}_6\text{H}_5\cdot$$

自由基反应可分为引发、连锁、终止几个阶段。自由基的引发可用光照、加热、氧化还原以及加过氧化物和偶氮异丁腈类等引发剂等方法。自由基很活泼，生成后会发生夺取、加成等连锁反应使反应进行。最后通过发生偶联、歧化等反应或加抑制剂使反应终止。因此自由基反应与亲核、亲电反应有很大的不同，它易发生各种连串副反应，选择性较差。同时，它除自由基是热引发的反应外，对温度不敏感。

9.4　反应的主要影响因素

9.4.1　空间效应和电子效应

要了解原料结构对反应的影响，必须先了解反应过程中分子的电子效应和空间效应。

9.4.1.1 电子效应

电子效应是指原子或基团对反应中心的电子有效性的影响，包括诱导效应、共轭效应、超共轭效应。它在偶极矩中综合反映了出来。

(1) 诱导效应 因分子中的原子或基团极性不同，σ 键电子沿着原子链向某一方向移动，引起诱导效应，诱导效应是指 σ 电子的偏移，是一种永久性的效应。诱导效应沿着 σ 键传递，但急剧减弱，相隔 3 个键后，诱导效应几乎消失。

诱导效应用"I"表示，在讨论其方向时，以氢为标准。电负性大于氢的原子或基团产生的诱导效应用"$-I$"表示，称为吸电子诱导效应；电负性小于氢的原子产生的诱导效应用"$+I$"表示，称为给电子诱导效应。而在有机化合物中常以碳为标准来讨论。如：

$-I$：$-N^+R_3$，$-NO_2$，$-F$，$-Cl$，$-Br$，$-I$，$-OH$，$-COOH$，$-NH_2$，$-OCH_3$，$-Ph$，$-CN$，$-COR$，$-COOR$；

$+I$：R_3C-，R_2CH-，RCH_2-，CH_3-。

(2) 共轭效应 因电子云密度的差异而引起的电子云通过共轭体系向某一方向传递的电子效应称为共轭效应。共轭效应是指 π 电子（或 p 电子）的位移，沿共轭链传递，贯穿整个共轭体系。

共轭体系为单双键交替出现的体系，共轭体系可分为 π-π 共轭、p-π 共轭和 p-p 共轭三种。

共轭效应用"C"表示，吸电子共轭效应用"$-C$"表示，给电子共轭效应用"$+C$"表示。

具有吸电子（$-C$）共轭效应的常见基团有：

$$-NO_2，-COO^-，-CN，-COR，-CONH_2，-COOR，\cdots$$

$$\underset{\ominus}{O}\!=\!\overset{\oplus}{N}\!-\!\overset{\delta^-}{\underset{H}{C}}\!=\!\overset{\delta^+}{\underset{}{CH}}\!-\!\overset{\delta^-}{\underset{H}{C}}\!=\!\overset{\delta^+}{\underset{}{CH}}\!-\!\overset{\delta^-}{\underset{H}{C}}\!=\!\overset{\delta^+}{\underset{}{CH_2}}$$

其特点是与双键 C 相连的是一个缺电子或带正电荷的原子。

具有给电子（$+C$）共轭效应的常见基团有：

$$-NR_2，-OR，-F，-O^-，-Cl，-Br，-I，\cdots$$

如：

$$H_3C\!-\!\overset{}{\underset{H}{O}}\!-\!\overset{\delta^+}{C}\!=\!\overset{\delta^-}{CH_2}$$

其特点是与双键 C 相连的是一个富电子的原子。

(3) 超共轭效应 超共轭效应是指 C—H 键的 σ 键与 p 轨道或 π 键之间的电子云一定程度的交盖而产生的 σ 电子的位移的电子效应。超共轭效应是给电子的电子效应，与 p 轨道或 π 键相邻碳上的 C—H 键越多，超共轭效应越大。与其他两种电子效应相比，超共轭效应小得多。

9.4.1.2　空间效应

空间效应，也称立体效应，是指原子或基团处于它们范德华半径所不许可的范围之内时产生的一种排斥作用。排斥作用越大，分子或离子越不稳定。空间效应在有机化学中是一种作用十分普遍的效应，如对 $(CH_3)_3C^+$，正离子碳由于空间效应，就倾向于由 sp^3 杂化变成 sp^2 杂化，变成平面型构型，减少三个甲基之间的斥力。

9.4.2　溶剂效应

溶剂效应是指溶剂的性质对主反应的速度、反应机理、反应方向及立体化学产生的影响。

9.4.2.1　溶剂的分类

溶剂的分类方法很多。有机溶剂一般是根据溶剂能否提供质子而形成氢键的性质把溶剂分为质子传递溶剂和非质子传递溶剂两大类，另外，还根据介电常数或偶极矩的不同将介电常数大于 $15\sim20$ 或偶极矩大于 2.5D 的溶剂列为极性溶剂，其他为非极性溶剂。

极性溶剂又可分为电子对受体溶剂和电子对给体溶剂两大类。

电子对受体具有一个缺电子部位或酸性部位。最重要的电子对受体基团是羟基、氨基、羧基或未取代的酰氨基，它们都是氢键给体。此类质子传递溶剂可以通过氢键使电子对给体性的溶质分子或负离子溶剂化。例如，水、醇、酚和羧酸等。

电子对给体具有一个富电子部位或碱性部位。最重要的电子对给体是水、醇、酚、醚、羧酸和二取代酰胺等化合物中的氧原子以及胺类和杂环化合物中的氮原子。上述氧原子和氮原子都具有未共用电子对，又是氢键受体。

原则上，大多数溶剂都是两性的。例如，水既具有电子对受体性质（形成氢键），又具有电子对给体性质（利用氧原子）。但是，许多溶剂只突出一种性质，亦称专一性溶剂化。例如，N,N-二甲基甲酰胺、二甲基亚砜、环丁砜、N-甲基吡咯烷酮以及乙腈和吡啶等溶剂对无机盐有一定的溶解度，并能使无机盐中的正离子 M^+ 溶剂化；然而，负离子则不易溶剂化而成为活泼的"裸"负离子。

因此，许多负离子的亲核置换反应都是在上述电子对给体溶剂中进行的。

9.4.2.2　溶剂极性对反应速率的影响

溶剂极性对反应速率的影响常用 Houghes-Ingold 规则解释。

Houghes-Ingold 用过渡态理论来处理溶剂对反应速率的影响。经常遇到的反应，由起始反应物之间相互作用所生成的过渡态大都是偶极性活化配合物，它们在电荷分布上比相应的起始反应物常常有明显的差别，并由此总结出以下三条规则：

① 对于从起始反应物变为活化配合物时电荷密度增加的反应，溶剂极性增加，有利于配合物的形成，使反应速率加快。

② 对于从起始反应物变为活化配合物时电荷密度减小的反应，溶剂极性增加，

不利于配合物的形成，使反应速率减慢。

③ 对于从起始反应物变为活化配合物时电荷密度变化不大的反应，溶剂极性的改变对反应速率影响不大。

上述规则虽然有一定的局限性，但对于许多偶极型过渡态反应，例如亲电取代、亲核取代、β-消除、不饱和体系的亲电加成等，还是可以用上述规则预测其溶剂效应，并得到了许多实验数据的支持。

9.4.3 催化剂

催化剂可从机理和动力学两方面对反应形成很大的影响。

在机理影响方面，如碱性催化剂往往会促进形成碳负离子中心，而酸性催化剂往往会促进形成碳正离子中心，这样就会使反应有很大差别。同样的甲苯与氯反应，在 Lewis 酸催化下就是芳环上氯化的亲电反应，在光照下就是自由基侧链氯化。另外，催化剂还可能导致形成络合过渡态，对机理和产物选择性等都有较大的影响，也可能导致底物和进攻试剂的结构的变化，从而导致产物选择性发生较大的变化，如甲苯的溴化，使用不同的酸性催化剂其产物异构体的比例就可能不一样。

在动力学方面，催化剂可以减小反应的活化能从而促进反应的进行，但同时也可能促进副反应的进行，这就要权衡对哪种反应的促进作用大。这对于不同的反应体系以及不同的催化剂需要具体分析。

9.4.4 温度和时间

温度和时间一般从副反应、热力学和动力学等方面影响反应。

① 当反应可逆时，温度会影响反应的平衡。一般来说，温度升高有利于热力学稳定的产物的生成，如萘磺化时温度升高其可从 α-位磺化变为 β-位磺化，苯胺甲基化时可从 N-甲基化变成 C-甲基化等。

② 一般来说，反应开始时进攻试剂先对动力学比较有利的位置进攻，此位置反应活化能较低。而一般反应的主反应都是动力学有利的，即反应是较快的。但当温度升高后，反应活化能的影响的差别就开始缩小，各种副反应相对来说会逐渐增多，所以一般低温选择性较好，高温选择性较差；但低温反应速率慢，转化率低。实际应用时要综合考虑选择性和转化率两个因素。

③ 当温度升高而变成副反应为主时，就要严格控制温度，如卤烷在碱性水溶液中很容易发生消除和重排副反应，要进行烷基化就必须严格控制温度；有时时间太长，往往会导致副反应严重发生，如对一些可能产生自由基的体系，会有一个自由基积累的过程，时间过长，往往会导致自由基积累到一定程度后副反应严重发生。

9.4.5 底物和进攻试剂

进攻试剂的选择是合成反应中很重要的一环。进攻试剂的价格、毒性、物理性质、化学活泼性都是需要考虑的。这里只讨论化学活泼性对反应的影响。进攻试剂反应活性高，可以使反应在更温和的条件下进行，反应温度可降低，时间可缩短，有利于反应的进行，但同时要注意会带来的一些副反应。而当进攻试剂活性低时，就可能需要较高的温度，可能对反应不好控制。但也不是越活泼越好，因为试剂越活泼往往毒性越大，安全性越差。

底物也有类似的影响。另外，若底物上反应点越多，则选择性就越难控制。

9.4.6 加料顺序和方式

加料顺序和方式对很多反应都有着较大的影响。

对反应原料中有易分解的物质，一般要分批加或滴加，不能一次性加入，不然易引起原料分解使单耗增加或产生危险。如水合肼易分解，用水合肼作还原剂时，一般要滴加，且要加到液下。若加料速度过快，导致体系中水合肼浓度过高，就可能产生危险，使水合肼单耗增加。水合肼加料方式的变化有可能使水合肼单耗相差20%以上。又如用硫酸二甲酯作甲基化剂对酚进行甲基化时，一般是采用滴加方式以减少硫酸二甲酯的分解。

对反应热较大的反应或较活泼的反应，有时也要采用分批加料的方式以控制反应速率。如用无水三氯化铝催化芳烃酰化时，经常分批加入三氯化铝以控制反应的进行，若一次性加入三氯化铝，则反应太激烈，会导致很多问题，如发生副反应、冲料甚至爆炸。

控制加料顺序或方式也可控制反应的选择性。如对易硝化的底物，一般滴加硝化剂易得到单硝化产物，若反过来加料，由于硝化剂在反应体系中大量过量，就易导致多硝化副反应的发生。

实际操作中还经常采用并行加料的方式。如用硫酸二甲酯作甲基化剂对酚进行甲基化时，为减少硫酸二甲酯的分解，必须控制反应体系的 pH 值。此时，滴加硫酸二甲酯时就要并行滴加液碱以保证体系的 pH 值。

总之，要根据原料以及反应的性质正确选择加料顺序才有可能得到好的实验结果。

9.4.7 传质和传热

传质和传热在反应中也有相当的重要性。

传质过程是很多反应的动力学控制过程，这时传质就对反应的速率起到主要作用，这在非均相反应中经常发生。同时，传质对局部过浓的避免以及传热都有很重要的作用。工业生产中的许多时候，一个搅拌桨设计的好坏就会影响到反应的成败。

由于温度的重要性，传热的好坏对反应的重要性就显而易见。反应过程中的一个重要的原则是要避免局部过热，从而导致严重的副反应。

10 常见单元反应的机理与特点分析

本章重点从实例出发，对单元反应进行机理和特点分析，探讨反应的影响因素。

10.1 磺化反应

磺化是典型的亲电反应。常用磺化剂种类有浓硫酸、发烟硫酸、SO_3、氯磺酸等。这里用的是浓硫酸。浓硫酸形成的亲电试剂可进攻富电荷原子，如芳环、杂环上的碳，羟基氧等，在 C 原子上磺化形成磺化产物，在 O 原子上磺化形成硫酸酯类产物。由于 O 原子上电荷较多，较易磺化，但在热力学上 C 原子上磺化产物较稳定。实例如下。

(1) 多西环素中间体　5-磺基水杨酸的合成：

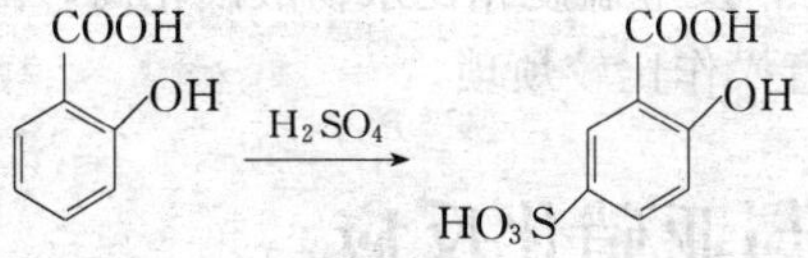

该反应进行时可能先在氧上生成硫酸酯，但在高温下易转移到 C 原子上形成磺化产物。由于羟基是给电子基团，羧基是吸电子基团，因此，磺化产物主要是羟基的邻位、对位。但由于磺基较大，空间效应较大，因此，对位选择性较好。

此反应中可能的副反应还有生成砜、多磺化以及氧化等。当体系中产物浓度增高，以及温度升高后，生成砜的可能性会增加。同时，温度升高其他副反应也会增加。为减少多磺化的副反应，应减少体系中硫酸的量，但硫酸浓度降低会导致磺化活性降低，同时会加大砜生成的可能性。由于磺基是吸电子基团，因此上第二个磺基的可能性较第一个小得多，所以，可通过控制温度较容易地控制磺化程度。但温度太低时，反应难完全。

另外，水杨酸是固体，要注意加料方式。水杨酸在硫酸中部分溶解，因此要分批加入到浓硫酸中，因为原料溶解较慢，另外，产品溶解性差，分批加入可减少包裹现象；此外，还要慢慢升温到 115℃且恒温至反应完成，以减少副反应。最终收率约为 84%。反应过程中要用浓硫酸溶解产品，因此，硫酸的量要足够。

反应终点检测：取样加到一定量蒸馏水中，根据产品溶于水、原料不溶的特点很易判断。

(2) 香兰素中间体　间硝基苯磺酰氯的合成：

$$\text{(苯环, NO}_2\text{)} \xrightarrow{\text{ClSO}_3\text{H}} \text{(苯环, NO}_2\text{, SO}_2\text{Cl)}$$

氯磺酸是比浓硫酸活泼的磺化剂，与浓硫酸不同，除磺化产物外，其生成的另一产物是 HCl 而不是水，因此不是可逆反应。但 1mol 氯磺酸与硝基苯反应生成的是硝基磺酸，需要 2mol 氯磺酸才能将磺酸转化为磺酰氯。由于硝基是间位定位基，因此，反应的选择性相当好。但由于硝基是钝化剂，因此要用比较活泼的磺化剂。

实际上氯磺酸要过量，与间硝基的摩尔比为 6：1 左右才能很好反应，收率可达 88%。操作过程中要注意：一是反应会放出大量氯化氢，要吸收回收；二是加料时反应温度不能太高，要小于 35℃，否则易放出大量气体冲料；三是升温时也要慢慢升温。

过量的氯磺酸很难回收，在后处理中要分解掉，可将反应液滴加到冰水中分解，但温度不能超过 20℃，否则会将磺酰氯分解为磺酸，另外氯磺酸分解太剧烈，会产生危险。

间硝基苯磺酰氯还可通过先制备间硝基苯磺酸，然后再用氯化亚砜酰化得到产物。但用浓硫酸磺化时，反应温度相比水杨酸磺化高，因为底物活性低。也可采用 SO$_3$ 磺化等，但要注意操作比较烦琐。

10.2 硝化反应与亚硝化反应

10.2.1 硝化反应

常用硝化剂有浓硝酸、稀硝酸与硫酸混合生成的混酸，还有用硝酸与其他酸如有机酸、酸酐及各种路易斯酸如 BF$_3$ 的混合物作硝化剂，也有用氮氧化物的，还有用有机硝酸酯的。

硝化反应的机理是亲电反应，硝化剂中的硝基正离子等进攻底物上富电荷的反应中心生成硝化物。因此与磺化反应一样，给电子取代基有利于硝化，吸电子取代基不利于硝化进行。硝化反应不是可逆反应。硝基是强吸电子基团，再上第二个硝基比第一个难得多，因此多硝化较难。硝化反应同样是强放热反应。由于温度升高会给硝化反应带来一系列问题，所以要特别要注意温度控制问题。

硝化副反应比较多，主要有：①不同位置上的取代异构体。②多硝化。温度影响最大，硝化剂活性及用量也有一定关系。③氧化、断键、其他基团置换的副反应。④硝化剂如硝酸的分解。因此，反应温度的控制是最主要的。反应实例如下。

(1) 呋喃唑酮的中间体　5-硝基-2-呋喃丙烯腈的合成：

$$\text{(呋喃环)} -\text{CH}=\text{CHCN} \xrightarrow{\text{HNO}_3} \text{O}_2\text{N} -\text{(呋喃环)} -\text{CH}=\text{CHCN}$$

本反应中底物呋喃环在酸性条件下易产生各种缩合、开环作用，因此直接用硝酸、混酸等硝化不好，用硝酸-乙酐的混合硝化剂较好。

硝酸-乙酐混合硝化剂可即配即用，乙酐一般大量过量，可兼作溶剂，滴加发烟硝酸（加发烟硝酸是因为要避免水的加入使乙酐等分解），滴加时大量放热，要控制好温度不超过 0℃，然后滴加 2-呋喃的丙烯腈的乙酐溶液，低温反应，收率可达 61%以上。另外要注意，原料要配成溶液滴加，在体系中原料浓度过高易产生缩合。

（2）维生素 D_2 等中间体　3,5-二硝基苯甲酸的合成：

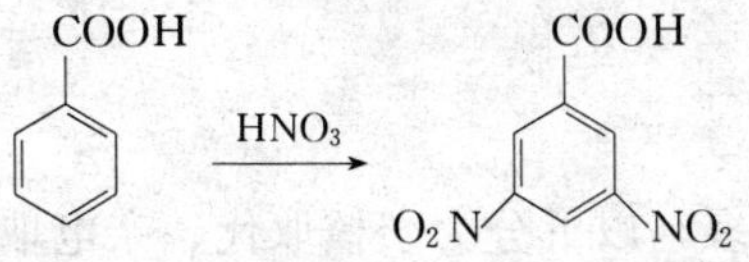

羧基、硝基都是吸电子基团，因此要上两个硝基是较难的，要采用硝化能力较强的混酸硝化。两个硝基上的条件相差较大，可以一个一个上，因此硝化的过程是先将苯甲酸溶于浓硫酸中，然后再在 70～90℃下滴加发烟硝酸，加完后保温使第一个硝基取代完全；然后再一次性加入发烟硝酸（用量约为原料的 1mol 倍），在 135～145℃使反应完成。收率可达 55%左右。

若只用浓硝酸硝化，由于苯甲酸溶解性差，且硝化能力差，反应不易进行。滴加发烟硝酸的目的是减少体系中水分，增加硝化能力。第一步硝化由于底物苯甲酸活性较大，反应较快，可以滴加硝酸，控制反应的温度，减少副反应；第二步硝化由于活性太低，增加硝酸浓度有利于反应的进行。反应后加水水析让产物分离出来，然后进一步纯化。

10.2.2　亚硝化反应

常用的亚硝化剂是亚硝酸和亚硝酸酯。用亚硝酸酯的好处是亚硝化可在碱性条件下进行。亚硝化的反应活性与硝化相比，要弱得多，一般只有在苯环上有强给电子基团如羟基、叔氨基时才较易进行。反应同样是亲电取代。另外，亚硝酸比硝酸易分解，反应温度不能太高，因此一般是在反应过程中边生成亚硝酸边反应，如在盐酸溶液中滴加亚硝酸钠溶液，或在亚硝酸钠溶液中滴加盐酸，这要视底物的性质而操作不同。亚硝化一般是在氨基或羟基的对位上进行。实例如下。

（1）芳香叔胺的亚硝化　如抗麻风病药丁氨苯硫脲中间体对亚硝基-N,N-二甲基苯胺的合成：

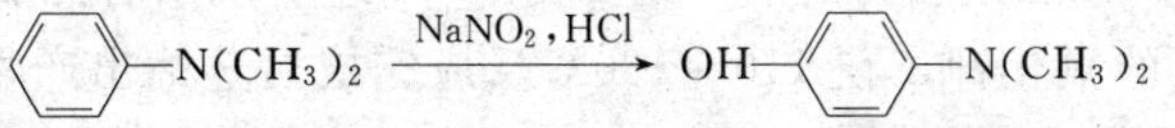

上述原料能溶于酸，因此操作过程是先将原料溶于盐酸，然后滴加亚硝酸钠溶液进行反应，温度不超过 8℃，收率为 60%左右。由于亚硝酸易分解，若液上滴加，亚硝酸钠滴加入反应液时先在表面上形成亚硝酸会分解成氮氧化物跑到气相中，因此应液下滴加，效果较好。另外要注意，亚硝酸分解出的氮氧化物毒性很大，要注意安全保护。

（2）还有一类非芳环的具有活泼氢的脂肪族化合物的亚硝化　同样是亲电取代反应，如 2-亚硝基丙二酸二乙酯：

$$CH_2(COOC_2H_5)_2 + NaNO_2 \xrightarrow{CH_3COOH} ON-CH(COOC_2H_5)_2$$

中间碳由于旁边两个酯基的吸电子作用酸性较大，易被亲电取代。

反应在乙酸溶液中进行，在 $-5\sim0℃$ 将亚硝酸钠溶液滴加到丙二酸二乙酯的乙酸溶液中，然后于 $15\sim20℃$ 保温就可完成。收率可达 86%。

10.3　卤化反应

卤化反应的类型比较多，以下分为亲核取代、亲电取代、自由基取代、亲电加成、自由基加成等几个部分来介绍。

10.3.1　亲核取代卤化

由卤离子进攻碳产生碳卤键的亲核取代反应为常见的一类卤化反应。常用底物有醇、醚、卤代烃等，进攻试剂又称卤化剂，常用的卤化剂有氢卤酸和无机酰氯。氢卤酸的活性较弱，与活性较大的醇羟基可进行反应，活性顺序为 HI＞HBr＞HCl。无机酰氯类活性强，活性顺序为：$PCl_5＞POCl_3＞SOCl_2＞PCl_3$。

此外，尚可采用有机卤化剂如 $(RO)_3P·RX$，R_3PX_2（由 R_3P 及 X_2 制成）以及三苯膦与四氯化碳的混合物等作为卤化剂，不易产生重排反应。

一种卤素取代另一种卤素的反应称卤交换反应，常用来制备氟化物，这也是常用的卤化反应之一。在此反应过程中要注意几点：①一是要用到偶极溶剂，如环丁砜、二甲基亚砜、乙酰胺等，只有在此类溶剂中，F^- 的亲核性能较 Cl^- 的强，反应才能顺利进行；②体系中不能有水，所有原料都要脱水；有水时易产生水解等各种副反应；③常用的氟化剂如氟化钾、氟化钠等为固体，在溶剂中溶解性不是特别好，因此是多相反应，生成的氯化钠或氯化钾也是固体，易产生包裹现象，因此投料时氟化剂要经过粉碎，且要过量一些。

反应实例如下。

（1）5-氟尿嘧啶等中间体　氟乙酸乙酯的合成：

$$ClCH_2COOC_2H_5 + KF \xrightarrow{CH_3CONH_2} FCH_2COOC_2H_5$$

如上述反应，以乙酰胺为溶剂，先要在 $140℃$ 左右脱水后再加入原料氯乙酸乙酯和干燥、粉碎的氟化钾，在 $110\sim130℃$ 反应完成后蒸馏出产物，收率约 64%。氟化钾投料要过量，一般过量在 $20\%\sim30\%$ 以上。

（2）罗哌卡因等中间体　1-溴丙烷的合成：

$$CH_3CH_2CH_2OH \xrightarrow{HBr} CH_2CH_2CH_2Br$$

反应同时要生成水，是可逆反应。因此反应过程中要除水以使反应向正反应方向进行。可以采用浓硫酸脱水，但此时反应中易产生消除、重排等副反应。可以采用边反应边将溴丙烷蒸出的方法减少副反应。反应中控制温度非常重要，否则难以得到高的收率。条件控制好收率可达86%。

（3）丁丙诺非等中间体　溴代环丙甲烷的合成：

$$\triangleright\!\!-\!CH_2OH \ + \ Br_2 \ \xrightarrow[\text{DMF}]{PPh_3} \ \triangleright\!\!-\!CH_2Br$$

由于三元环很不稳定，温度高时易开环，因此要用活性较高的溴化剂，可用溴与三苯基膦制备成有机膦溴化剂进行溴化，在室温反应，再稍升高温度使反应完成，产率可达76%。由于三苯基膦本身价格也较高，因此投料时不必过量，否则成本会较高。

10.3.2　芳环上的亲电取代卤化反应

芳环上的亲电取代卤化是指在催化剂存在下，芳环上的氢原子被卤原子取代的过程。

底物包括苯、各种取代苯以及稠环、杂环等芳香族化合物，富电荷的碳都可被卤素正离子进攻。进攻试剂包括能形成卤素正离子的各种卤化物，包括卤素分子、卤素分子与路易斯酸的复合物、次卤酸及其混酐、两个卤素原子形成的卤间化合物如ICl等。其活性顺序为：

$HOX < I_2 < ICl < Br_2 < BrCl < Cl_2 < CH_3COOI \ll CF_3COOI < CH_3COOBr \ll CF_3COOBr$

反应实例如下。

（1）三碘甲状腺原胺酸中间体　4-氨基-3,5-二碘苯甲酸的合成：

$$H_2N\!-\!\!\!\!\bigcirc\!\!\!\!-COOH \ + \ ICl \longrightarrow H_2N\!-\!\!\!\!\overset{\overset{I}{|}}{\underset{\underset{I}{|}}{\bigcirc}}\!\!\!\!-COOH$$

由于本反应中的原料对氨基苯甲酸中氨基是强邻对位定位基，而对位又有羧基是间位定位基，因此定位效果较好。但碘不是强的吸电子基团，因此控制只上一个碘较难，而上两个碘则比较容易。

反应过程中可将原料先用盐酸溶解，然后加入氯化碘的盐酸溶液，再加热到90℃使反应完成，收率约81%。氯化碘不很稳定，一般过量一些，反应后也易分解除去。

也可用其他碘化剂，但用I_2效果不好，因为I^-有还原性，会将取代碘还原。而三氟乙酸碘等价格较高。

（2）镇吐药硫乙拉嗪中间体　间硝基溴苯的合成：

$$\bigcirc\!\!\!\!-NO_2 \ + \ Br_2 \ \xrightarrow{Fe} \ \overset{Br}{\underset{}{\bigcirc}}\!\!\!\!-NO_2$$

卤素的亲电取代可用各种路易斯酸催化。这里铁粉起催化剂作用，滴加溴素后溴素先与铁作用生成三溴化铁起催化剂作用。在 $135\sim145℃$ 反应，收率约 65%。主要的副反应是多溴化副反应，因为溴吸电子能力不强，是弱的邻对位定位基，定位效应比硝基强，当溴过量时就易在第一个溴的邻、对位上第二个溴。因此反应过程中要滴加溴，且硝基苯最好过量，作为溶剂，这样选择性会好些。

注意，溴素滴加时有大量溴化氢放出，要回收，不然易出现安全、设备、环保等问题。在此工艺中溴素不过量，但在一般其他用溴素的溴化工艺中，根据底物不同，一般过量 5% 左右。溴素剧毒，在反应后需要分解除去，可以在体系中加饱和亚硫酸钠使其变成溴化钠。产品中有未反应完的硝基苯、异构体、多溴化产物等，可结晶纯化。产品分出可采用水蒸气蒸馏法，硝基物常用此法纯化。

溴化剂中液溴是最常用的，存在的问题是溴价格较高，除一个溴原子取代外，还有一个溴原子形成溴化氢，需要回收。也可直接加三溴化铁等路易斯酸作催化剂，但用铁屑操作最方便。

（3）抗消化性溃疡药哌仑西平中间体 2-氯-3-氨基吡啶的合成：

$$H_2N-\underset{}{\bigcirc}N + HCl \xrightarrow{H_2O_2} H_2N-\underset{}{\bigcirc}^{Cl}N$$

由于用卤素作卤化剂时除一个卤原子取代形成基团外还有一个卤原子形成负离子损失掉，为将此卤原子利用，常采用滴加过氧化氢将卤素负离子氧化成卤素再进行取代，以提高卤素的利用率。卤素在水溶液中会形成次卤酸，如 HOCl 在酸催化下可生成高度极化的络合物 H_2O^+Cl，然后再解离成 Cl^+ 起作用。采用酸催化的次氯酸氯化反应有一个很大的特点是它显示出具有较小的空间位阻效应。

如上述反应，可先将 3-氨基吡啶在浓盐酸中溶解，然后在 $20\sim30℃$ 慢慢滴加 15% 的双氧水，边生成氯正离子边氯化。反应结束后要加少量亚硫酸钠将双氧水分解，分离出产品，收率约 76%。这里的主要副反应是异构体和氧化副反应。这个反应用路易斯酸催化，由于较大的空间效应，邻位定位效应就较差，得不到高的收率。

这里是边生成进攻试剂边反应，反应比较温和。但双氧水过量会引起一些氧化副反应，不能过量太多。双氧水易分解爆炸，未反应完的，要用还原剂将它分解完全，常用的还原剂是亚硫酸钠。双氧水是否分解完全可用淀粉-碘化钾试纸检测。

（4）消毒防腐药三溴苯酚铋的中间体 2,4,6-三溴苯酚的合成：

$$HO-\underset{}{\bigcirc} + Br_2 \xrightarrow{H_2O_2} HO-\underset{}{\bigcirc}\overset{Br}{\underset{Br}{}}Br$$

溴化可类似于氯化利用双氧水将溴负离子氧化成正离子进行亲电取代。由于羟基是给电子基团，因此活性较高，易上多个溴。

将苯酚、苯、水混合后于搅拌下滴加一定量溴，然后升温到 $70℃$，滴加入 70% 的过氧化氢继续反应到完成，分离后收率为 86%。只要溴足量，三溴化收率就较高。注意，溴价格比双氧水高得多，因此要尽量利用，加双氧水使溴化后生成的溴化氢重新变为溴进行溴化；由于体系中原来加了水，加入的双氧水浓度要高些，不然难将溴化氢转变为溴；苯也会被溴化，但活性比苯酚低得多。苯是强致癌物，使用要求比较高。

10.3.3 芳烃侧链（脂肪烃）自由基取代卤化

芳烃侧链或脂肪烃自由基取代卤化反应，其卤化剂包括卤素和 N-溴代丁二酰亚胺（NBS）等，卤素中有实际价值的只有 Cl_2、Br_2。

反应可通过加热、光照或加过氧化物引发剂等引发。溴化常用加热方法引发，氯化常用光照引发。反应实例如下。

（1）氮甲中间体 对硝基苄基溴的合成：

$$O_2N-\!\!\!\!\bigcirc\!\!\!\!-CH_3 + Br_2 \longrightarrow O_2N-\!\!\!\!\bigcirc\!\!\!\!-CH_2Br + HBr$$

上述反应可在 $145\sim150℃$ 下慢慢滴加溴素，然后保温反应完成，收率为 57%。注意要慢慢滴加溴素，保证体系中溴素浓度不要太高，否则易产生多取代物，因为自由基反应很容易引起连串副反应。另外，溴素的量不能过量太多，否则也易产生多取代物。通常一取代物采用等摩尔量。对于易分离的原料，经常使原料过量，这样多取代物的量可减少。

溴化氢是剧毒气体，要注意吸收。溴沸点较低，要有回流冷凝装置。

该反应收率低的原因主要是产生多取代物。但若控制不好条件，很易引起其他副反应，如体系中有水或铁屑等金属，就会形成溴的亲电进攻试剂，引起亲电取代反应。另外，一般液溴工业中都用水液封，因此特别要注意不要将水引入体系。

（2）普罗帕酮中间体 氯苄的合成：

$$\bigcirc\!\!\!\!-CH_3 + Cl_2 \longrightarrow \bigcirc\!\!\!\!-CH_2Cl + HCl$$

在甲苯回流条件下，用日光灯或石英灯向体系照射，通入经浓硫酸干燥的氯气，连续通氯至沸点达到 $156℃$ 后停止通氯。蒸馏分离，回收未反应完的甲苯，收率约 70%。氯气及氯化氢在反应过程中会逸出，要注意吸收；若过度通氯会导致多氯化产生；体系要注意脱水。

这个工艺就采用使原料甲苯过量的方法以避免多取代的发生而提高收率。

通氯气时要采用向体系均匀分散的方法，以免局部过浓导致多氯化。另外，由于氯气是气体，在溶液中溶解有限，要尽可能以细泡的方法加到体系中，以便在体系中更好地分散，提高原料的利用效率。一般的通入方式是从底部通入液相，这样吸收效果会好些。

光催化的自由基氯化与温度的关系与一般情况不同。因为温度增加会导致氯气在体系中溶解减少，使反应速率降低。

（3）乙胺嘧啶中间体 对氯苄基溴的合成：

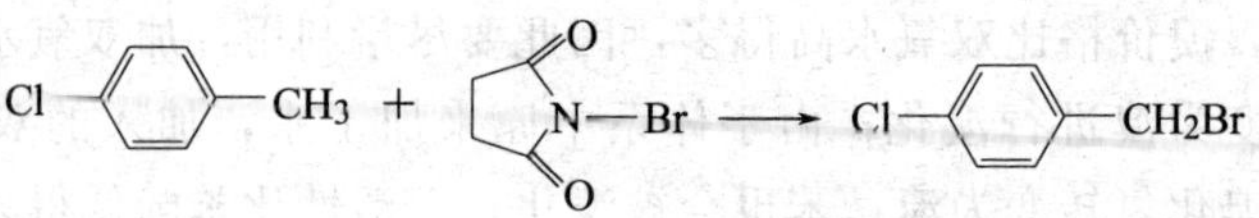

以四氯化碳为溶剂，加入对氯甲苯和等摩尔的 NBS，加入少量引发剂偶氮异丁腈（AIBN），搅拌下慢慢加热至回流，然后回流反应到反应完成，冷至室温，滤出固体回收丁二酰亚胺，分离，收率可达 87.5%。NBS 等卤化剂的选择性比卤素好，但成本太高，工业实际应用不多。

10.3.4　不饱和烃的卤素加成反应

10.3.4.1　不饱和烃与卤素的加成反应

卤素对烯和炔的加成反应是合成上最重要的引入卤素的方法，一般反应是在四氯化碳、氯仿、二硫化碳等溶剂中进行。其反应机理一般是亲电加成机理，卤素作为亲电试剂向烯烃的双键加成。其生成的产物可能有对向加成和同向加成两种可能，两种的立体结构是不一样的。一般以对向为主，主要决定于烯烃的结构及反应中的空间障碍因素。若有使正碳离子稳定的取代基（如苯基、烷氧基），则可能生成外消旋体。若有空间位阻，也会影响其立体结构。由于生成正碳离子，也会发生重排反应。另一个常见的副反应是消除反应。但实际上卤素中的这类反应只有溴和氯的加成有较高的实用价值。

反应实例如下。

（1）抗癫痫药奥卡西平的中间体　10,11-二溴-5H-二苯并 [b,f] 氮杂䓬-5-甲酰氯的合成：

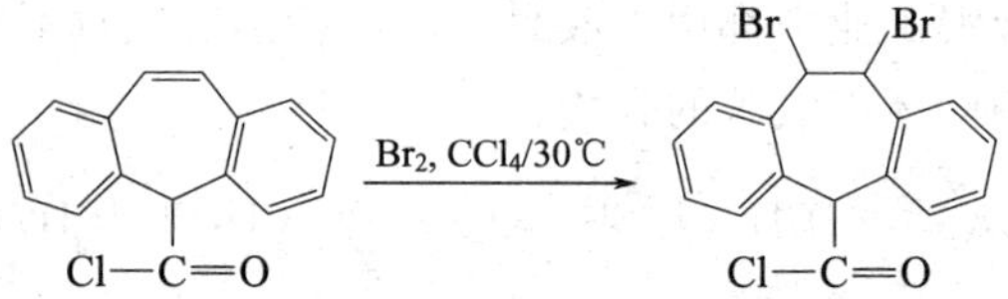

在原料 5H-二苯并 [b,f] 氮杂䓬-5-甲酰氯的氯仿溶液中于 30℃滴加液溴，在 1～2h 内就可反应完成。注意，溴一般过量 5%～10%。收率可达到 92%以上。上述反应的副反应中有消除反应，在高温时或在碱性条件下易消除 HBr。有水或有铁屑等杂质时也有可能在芳环上发生亲电取代反应。

（2）2,3-二氯丙腈的合成

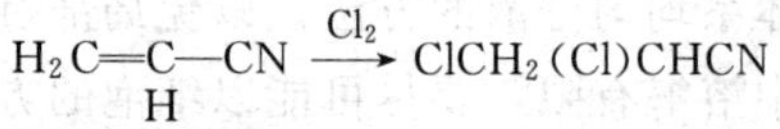

$$H_2C=C-CN \xrightarrow{Cl_2} ClCH_2(Cl)CHCN$$
$$\quad\quad |$$
$$\quad\quad H$$

在氯加成反应中，也是以亲电加成为主，同向加成更加明显些。由于原料丙烯腈双键的邻侧连有吸电子基，使双键电子云密度下降，卤素的加成活性也下降，此时可加些催化剂如路易斯酸或叔胺进行催化，反应就可在室温顺利进行。氯气可慢慢通入，稍过量即可，反应收率可达 95%以上。由于原料丙烯腈和产物都是液体，反应可在无溶剂条件下进行。反应温度在 10～15℃较好，温度过高，易冲料。另外，也可以用离子液体作溶剂和催化剂，在 10℃左右顺利反应。

（3）1,2-二溴-1-苯基丙烯-1 的合成

$$Ph-C\equiv CCH_3 \xrightarrow[\text{HOAc}]{Br_2/LiBr} \underset{Br}{\overset{Ph}{}}C=\underset{CH_3}{\overset{Br}{}} + \underset{Br}{\overset{Ph}{}}C=\underset{Br}{\overset{CH_3}{}}$$

若卤加成反应在如 H_2O、ROH、RCOOH 等亲核性溶剂中进行时，则溶剂的亲核性基团也可进攻卤正离子过渡态，就会有其他加成物产生。对炔烃的加成中，溴的加成机理也一般为亲电加成反应，主要得到反式二卤烯烃，而氯、碘多半为光催化的自由基历程，主要也得到反式二卤烯烃。

本反应溴化时用乙酸作为溶剂时，乙酸根也有亲核性能，因此会与卤素起竞争反应得到酯类化合物。为减少此副反应，可在体系中加入溴化锂以提高溴负离子的浓度，减少溶剂引起的副反应。上述反应在室温下反应反式产物含量可达到 98%，顺式产物只有 2%，有很好的选择性。若不加溴化锂，收率会明显下降。

（4）1,2-二碘-1-苯基乙烯的合成

$$Ph-C\equiv CH \xrightarrow[\text{石油醚}]{I_2/Al_2O_3} \underset{I}{\overset{Ph}{}}C=\underset{H}{\overset{I}{}}$$

碘对炔烃的加成一般是在光催化下进行的，为自由基反应，在室温下进行，但也可在催化剂三氧化二铝催化下进行。在回流下反应完全，收率可达 96%。但碘加成由于 C—I 键不稳定，是个可逆反应，且加成得到的二碘化物对光极为敏感，易在室温下发生消除反应，因此应用较少。

10.3.4.2 不饱和烃和次卤酸（酯）、N-卤代酰胺的反应

次卤酸可提供卤正离子进攻富电荷的烯形成碳正离子，然后再与羟基、水或其他亲核试剂结合形成产物。N-卤代酰胺也可提供卤正离子产生类似的加成反应。反应实例如下。

（1）1-氯-2-甲基-3-丁烯-2-醇的合成

$$\text{（结构式）} \xrightarrow[\text{0~5℃}]{Cl_2,NaOH,H_2O,CO_2} \text{（结构式）} + \text{（结构式）}$$

氯气在氢氧化钠溶液中先形成次氯酸钠和氯化钠，然后通入二氧化碳使体系成酸性生成氯正离子进攻试剂进攻烯烃，进而由体系中氢氧根或水进攻碳正离子形成醇。由于叔碳正离子较稳定，因此 1-氯-2-甲基-3-丁烯-2-醇的含量最多。另外，体系中氯负离子也可进攻碳正离子形成副产物，为避免此副反应的产生，应当控制体系的 pH 值和溶液的浓度。反应过程中还有重排、消除等副反应，还有部分聚合副反应。

操作过程是先加入氢氧化钠溶液，用冰水浴冷却后慢慢通入氯气即时制备次氯酸钠，然后在 5℃以下通入异戊二烯，继而慢慢通入二氧化碳产生次氯酸发生加成反应，到 pH 7~8 为止。反应温度在 0~5℃。异戊二烯可大量过量，同时用作萃取剂分离反应后的产品。产品中还有 1/5 的异构体（1-氯-2-甲基-2-丁烯-4-醇，与

产品一起也统称氯醇)，精馏分离，收率相对于异戊二烯为72%左右。

(2) 甾体烯烃的加成

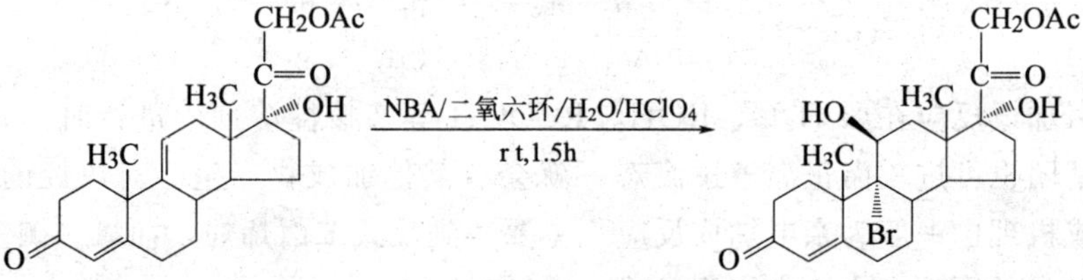

用N-卤代酰胺作卤化剂时，由于它本身不起亲核试剂的作用，因此在体系中添加不同的亲核试剂就可得到不同的产物。如加水就得到卤醇，加卤盐就可得到二卤代物等。用N-卤代酰胺的好处是选择性一般较次卤酸好。

反应中NBA是N-溴代乙酰胺。NBA滴加到反应体系中。由于甾体在水中的溶解性较差，因此要加入二氧六环作助溶剂，再用高氯酸作为酸催化剂，在室温就很易进行加成反应，此反应得率可达80%～90%。反应的选择性很好。

10.3.4.3　不饱和烃与卤化氢的反应

卤化氢加成时根据机理的不同加成位置有所差别。如对溴化氢，发生离子对加成机理时，先是质子进攻形成碳正离子，再引入溴负离子，根据活性中间体的稳定原则，氢首先是加到含氢较多的双键一端，这样碳正离子稳定性高，遵循马氏规则。而对自由基反应，是溴首先加成到双键上，溴倾向于加在含氢较多的烯烃碳原子上，属反马氏规则。反应实例如下。

(1) 1-苯基-2-溴丙烷的合成

$$PhH_2C-\underset{H}{C}=CH_2 \xrightarrow[\text{AcOH/0℃,12h}]{\text{气态 HBr}} PhH_2C-\overset{H}{\underset{Br}{C}}-CH_3$$

上述反应中，在乙酸溶液中将3-苯基丙烯溶于乙酸，在0℃下通入溴化氢气体反应，可得收率71%。此反应机理是离子对加成机理。高温时或有自由基引发剂时会发生自由基加成反应。上述反应的主要副反应有溴化异构体，如溴加到端位碳上。还有乙酸根的亲核竞争加成反应也是比较重要的副反应。当然，聚合副反应也是副反应之一。

(2) 3,3-二甲基丁烯-1的氯化氢加成

$$(H_3C)_3C-\underset{H}{C}=CH_2 \xrightarrow[\text{AcOH,25℃}]{HCl} (H_3C)_3C-\overset{H}{\underset{Cl}{C}}-CH_3 +$$

$$(H_3C)_2\underset{Cl}{C}-\overset{H}{\underset{CH_3}{C}}-CH_3 + (H_3C)_3C-\overset{H}{\underset{OAc}{C}}-CH_3$$

将原料溶于乙酸，在25℃下通入干燥的氯化氢气体，得到的产物主要有上述三种，其中第一种是正常的亲电加成产物，含量只有37%；而第二种产物含量有

44％，是由于在离子对机理反应过程中生成了碳正离子，进行了重排后再亲核反应得到的产物；第三种是由于乙酸根的亲核竞争反应导致的，在体系中增加氯负离子浓度可减少此类副反应。

（3）1-碘环己烷的合成

$$\text{KI/H}_3\text{PO}_4$$

碘化氢不稳定，在反应过程中用碘化钾和磷酸生成。但用盐酸和硫酸就会有很多副反应。反应稍难，要在80℃下反应，收率可达90％。

（4）11-溴-十一酸乙酯的合成

$$\text{H}_2\text{C}=\text{C}-(\text{CH}_2)_8\text{COOEt} \xrightarrow[\text{Bz}_2\text{O}_2]{\text{HBr(g)}} \text{Br}-(\text{CH}_2)_{10}-\text{COOEt}$$

Bz_2O_2是过氧化二苯甲酰。由于过氧化物自由基引发剂的存在，溴化氢按自由基反应机理进行加成，所以溴定位在氢多的碳上。反应可在0℃进行，收率达70％。由于自由基反应易发生连串副反应，且过程中可能发生自由基活性中间体的重排副反应，收率不是很高。

10.3.5　羰基化合物的卤取代反应

一般来说，羰基化合物在酸（包括路易斯酸）或碱（无机或有机碱）的催化下，可转化为烯醇形式和亲电的卤化剂进行反应。在酸催化的α-卤取代反应中，也需要适当的碱参与，以帮助脱去α-氢质子，这是决定烯醇化速率的过程，未质子化的羰基化合物就可作为有机碱发挥这样的作用。在用卤素作为进攻试剂时，在反应过程中会生成卤化氢，起到催化作用。

在碱催化过程中，中间有碳负离子过渡态，α-位上给电子基团就不利，而吸电子基团就有利，因此与酸催化不一样，同一个α-碳上取代卤素后就易接着进行多卤取代，典型的是甲基酮化合物生成卤仿化合物，即甲基上的三个氢都被卤素取代。反应实例如下。

（1）1,3-二溴丁酮-2的合成

$$\text{CH}_3\text{CH}_2\text{COCH}_3 \xrightarrow[5℃]{\text{2mol Br}_2/\text{HBr}} \text{CH}_3\underset{\overset{|}{\text{Br}}}{\text{CH}}\text{COCH}_2\text{Br}$$

在丁酮-2中先加入少量溴化氢，然后在5℃滴加丁酮2mol倍的溴，反应结束后收率可达55％左右。另外，加1mol溴时生成的主要是3-溴取代物，因为甲基是给电子基团，有利于3-位上氢的取代；但3-位氢被取代后，溴是吸电子基团，就不易上第二个溴，只取代在酮另一侧的α-氢。

但这些位置的取代副产物同样都存在，因此收率比较低。

开始加入的溴化氢是为了缩短反应的诱导期，用光照可起到同样的作用。

（2）3,3-二甲基丙酮-2的碱性条件下的溴化

$$(CH_3)_3COCH_3 \xrightarrow{Br_2/NaOH/H_2O} [(CH_3)_3COCBr_3] \longrightarrow (CH_3)_3COONa + HCBr_3$$

上述酮在 10℃ 下在氢氧化钠溶液中可以被溴将 α-氢很快都取代掉，且形成多取代物，三个都被取代就生成溴仿。溴要滴加，稍过量。反应生成的溴仿很不稳定，很快水解断裂成相应少一个碳原子的酸。为使水解反应完全，可稍加热。收率可达 71% 以上。若另一 α-位上有氢，收率会下降。

（3）3,3-二氯-2,4-戊二酮的合成

$$CH_3COCH_2COCH_3 \xrightarrow{CF_3SO_2Cl/Et_3N} CH_3COCCl_2COCH_3$$

此二酮有三个 α-位碳上的氢，若卤化试剂活性强，就可能都被取代，生成各种卤化产物。其中两个羰基中间的碳（3 位）的活性最高。为提高产物的收率，要选择活性较低的酰化剂，这里用 CF_3SO_2Cl，若用其他活性较高的 NCS 等作氯化剂，收率就很低。另外，碱要用弱的碱，以使反应温和进行。在二氯甲烷溶剂中，在上述条件下于 70℃ 反应 1h，滴加卤化剂，收率接近 100%，这里要求卤化剂的用量接近理论量，否则其他位置的氢也可能被卤化，降低收率。若卤化剂加得太快，使得体系中浓度过高，也可能降低收率。三乙胺可稍过量，保持体系的碱性。

（4）环己基甲醛的溴化

若直接用活泼的溴化剂如溴素等溴化，醛基氢也会被溴化，产品收率很低；若制备成烯醇酯再与卤素反应进而水解转换成卤代醛，步骤多，消耗试剂多，总收率也不高；若用 5,5-二溴代-2,2-二甲基-4,6-二羰基-1,3-二噁烷作为溴化剂，以乙醚为溶剂，在常温下反应 1h 就可得到 86% 收率的产品。但要注意此溴化剂较贵，用作生产时要注意原料成本。

类似高选择性的溴化剂近年发展很快，但由于价格等原因，距实用还有一定的距离。

10.3.6　酰卤的制备

此类反应为对羰基碳的亲核取代反应。常用卤化剂为无机酰卤如卤化磷、氧卤化磷、卤化亚砜、草酰氯、三苯膦卤化物及其他比较特殊的新发展的卤化剂。卤化磷的活性较高，其中五卤化磷的活性很高，反应后转化为三卤氧磷，可蒸馏除去。三卤化磷的活性稍小，卤化后转为亚磷酸，可将产物蒸馏分离出来。氧卤化磷的活性更小，只适用于活性高的羧酸，用得不多。氯化亚砜是最常用的酰氯制备试剂，其优点是反应过程中放出二氧化硫和氯化氢，没有残留，产品易纯化，且对其他官能团如双键、烷氧基等影响小，在反应时本身就可作为溶剂；它可与酸酐作用制备酰氯；有时可加入其他惰性溶剂如二硫化碳等，以及吡啶、氯化锌等催化剂加快反应。

反应实例如环苯羧胺中间体：反-4-N-苄氧羰基氨甲基环己烷-1-酰氯的合成。

$$PhH_2COOC—\overset{H}{N}—\overset{H_2}{C}—\text{〈〉}—COOH \xrightarrow{SOCl_2} PhH_2COOC—\overset{H}{N}—\overset{H_2}{C}—\text{〈〉}—COCl$$

上述过程中可将两种原料加入，在 40℃ 搅拌反应 30min 至基本无气体放出就可，收率可达 82%。氯化亚砜的量过量 5%～10%。反应过程中放出 1mol 氯化氢和 1mol 二氧化硫，要注意吸收回用。另外，注意升温不要太快，否则易产生冲料现象。由于二氯亚砜不稳定，易分解，更多的时候是采取滴加方式，一般是将原料溶于溶剂，加入一些催化剂，然后在一定温度下滴加氯化亚砜，边反应边回收二氧化硫和氯化氢，这样反应易于控制。但在没有合适的溶剂或反应比较容易控制时，也常用氯化亚砜直接作为溶剂。反应生成的酰氯若是液体，氯化亚砜的量只要稍过即可。很多酰氯可蒸馏纯化。

该反应过程中若用活性高的卤化剂或温度较高，副反应就会较多，如其他基团可能会被取代。

10.3.7　其他卤化反应

10.3.7.1　酚的卤置换反应

酚羟基活性较小，一般必须采用活泼的五卤化磷，或与氧卤化磷合用，在较剧烈的条件下才能反应。对于缺 π 电子杂环上羟基的卤置换反应相对比较容易。与有机磷卤化物反应则较温和：

$$\text{HO—〈〉—Cl} \xrightarrow[200℃]{Ph_3PBr_2} \text{Br—〈〉—Cl}$$

但还是需要 200℃ 的温度。上述反应收率有 90%。

10.3.7.2　氯甲基化反应

氯甲基化反应的机理是亲电反应，由于氯甲基是给电子基团，因此易发生多取代反应。

实例应用如 2-氯甲基噻吩的合成：

$$\text{〈S〉} \xrightarrow{HCHO,\ HCl} \text{〈S〉—CH_2—Cl}$$

在反应瓶中加入等摩尔量的盐酸和噻吩，然后在 −5～0℃ 滴加等摩尔量 37% 的甲醛，同时通入氯化氢维持饱和，滴加完甲醛后保温 3h，此过程要保持通入氯化氢以使氯甲基化完全，收率 70% 左右。杂环在酸性条件下易分解聚合，且易发生多取代，因此收率较低。甲醛过量或滴加速度过快造成局部过浓，易产生多氯甲基化产物。由于噻吩价格较高，未反应的噻吩应回收。

10.4　烷基化反应

烷基化是指在有机化合物分子中的碳、氮、氧等原子上引入烃基的反应，包括引入烷基、烯基、炔基、芳基等，也称烃化反应。其中以引入烷基为最重要，尤其是甲基化、乙基化、异丙基化最为普遍。广泛的烷基化还包括在有机化合物分子中的碳、氮、氧原子上引入羧甲基、羟甲基、氯甲基、氰甲基、氰乙基等基团的反应。

10.4.1　C-烷基化反应

在催化剂的作用下烷基化剂被强烈极化成为活泼的亲电质点——碳正离子活性中间体，这种亲电质点进攻芳环生成 σ 络合物，再脱去质子而变为最终产物。因此，底物上给电子基团有利于反应的进行，吸电子基团则不利。另外，由于它的机理，这类反应具有如下的反应特点：①是连串反应；②是可逆反应；③烷基可能发生重排。

烷基化剂常用的有卤烷、烯烃、醇及醛和酮类等，其中最活泼的是卤烷。

醛和酮是反应能力较弱的烷基化剂，只适用于活泼芳香族衍生物的烷基化，如苯、萘、酚和芳胺类化合物。常用的催化剂有路易斯酸和质子酸。

实例如下。

（1）壬基酚的合成

$$\text{C}_6\text{H}_5\text{OH} + \text{C}_7\text{H}_{15}\text{CH}=\text{CH}_2 \xrightarrow{\text{催化剂}} \text{对-CH}_2(\text{CH}_2)_7\text{CH}_3\text{-C}_6\text{H}_4\text{-OH}$$

烯烃可以用质子酸催化，也可用酸性阳离子树脂等催化剂催化。由于苯酚是较活泼的底物，用酸性较弱的酸性阳离子树脂也能较好地催化。本反应的副反应种类较多，如邻位异构、间位异构、多取代、烷基重排、烯烃聚合等，要得到较好的收率就要控制好各种条件。最主要的是反应温度和原料配比。反应温度高，由于烷基较大，有较大的空间效应，有利于对位定位，但温度增高后体系中聚合、重排等副反应会增加，间位定位也会增加，所以温度要控制得当；体系中壬烯浓度影响也较大，壬烯量多或局部过浓易产生多烷基化及聚合副反应，所以一般要滴加，控制滴加速度对收率影响很大。在优化条件下合成收率可达 82% 以上。

（2）乙苯的合成

$$\text{C}_6\text{H}_6 + \text{C}_2\text{H}_5\text{OH} \longrightarrow \text{C}_6\text{H}_5\text{C}_2\text{H}_5 + \text{H}_2\text{O}$$

与烯烃烷基化剂不同，使用醇烷基化剂在反应过程中有水生成，因此对催化剂的要求也不一样。醇烷基化剂的活性比卤烷低。如用三氯化铝作催化剂，要考虑水对三氯化铝的分解作用，因此投料量要比醇的摩尔数多才可能有较好的反应。也可用硫酸等质子酸作为催化剂，但有较强的腐蚀性，后处理比较麻烦，副反应也比较多。现在研究较多的是用酸性分子筛作催化剂。如以 HZSM-5 型分子筛为催化剂，在反应温度 350~450℃，苯醇比（mol）为 4~5，质量空速为 4~6h⁻¹ 的条件下，苯的转化率为 18.0%，烃化选择性为 95.7%，乙醇转化率大于 99%，乙苯选择性为 89.1%，液体收率大于 98%。这里苯大大过量是为了避免多烷基化的副反应。由于醇活性较低，催化剂的活性也较低，反应需要较高的温度。在这样的条件下，催化剂的结焦失活是常见的问题。

（3）对环己基苯酚的合成

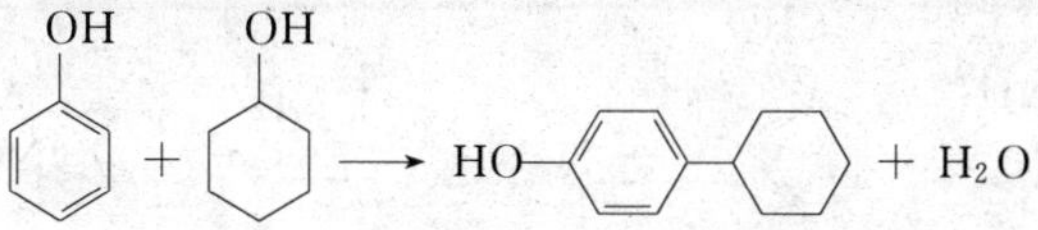

不同的催化剂有不同的催化效果，如分别用浓硫酸、氯铝酸型离子液体 AlCl₃-MEIC（氯化-1-甲基-3-乙基咪唑与 AlCl₃ 构成的室温离子液体）和［HSO₃-bmim］HSO₄ 离子液体为催化剂，同样在 n（苯酚）：n（环己醇）：n（催化剂）＝10：10：1、反应温度 200℃、反应时间 6h 的条件下，苯酚的转化率分别为 85.2%、76.8%、51.1%。离子液体由于是一种绿色溶剂，且有较好的催化性能以及可回收性能，与其相关的研究报道越来越多。使用不同的催化剂，产品的选择性也有较大的差别，如上述条件下，对环己基苯酚的选择性分别为 72.4%、63.8% 和 53.2%。其他副产物有邻环己基苯、二环己基苯、O-烷基化产物环己基苯醚以及消除产物环己烯等。反应温度、反应时间、反应配比都会对选择性造成影响。

（4）烷基苯乙腈的合成

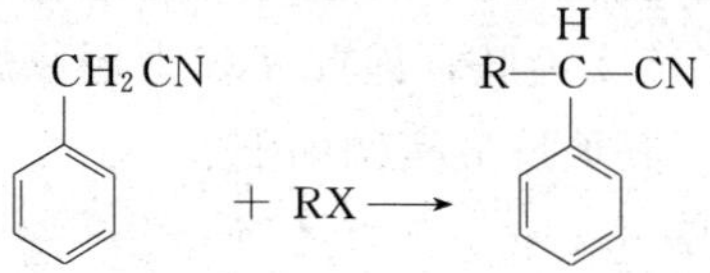

一般情况下卤烷作烷基化剂对芳环进行烷基化时可用路易斯酸或质子酸等作催化剂，用无水三氯化铝作催化剂是最多的，因为它活性高，价格便宜。烷基化完成后，将反应液加入到水中使三氯化铝分解后分出产物。

但苯乙腈由于氰基的吸电子作用，使得亚甲基上的氢有一定的酸性，在碱性条件下易生成碳负离子。因此在碱性条件下烷基化得到的不是芳环上的烷基化产物，而是亚甲基上的烷基化产物。上述反应可用微波辐射辅助的办法完成。

如上述反应中用 PhCH₂Cl 或 n-C₈H₁₇Cl 作烷基化剂时，混合原料，再加入相转移催化剂四丁基溴化铵，然后加入碳酸钾粉末，最后在室温下用微波辐射 1~2min 后冷却，分离，可分别得到 85% 及 79% 的收率。

（5）多芳基甲烷衍生物的合成　醛和酮进行烷基化后生成醇，还可进一步进行烷基化，举例如下。

用脂肪醛和芳香族衍生物可以进行烷基化反应制得二芳基甲烷衍生物，如过量苯胺与甲醛在盐酸中反应可得到 4,4′-二氨基二苯甲烷：

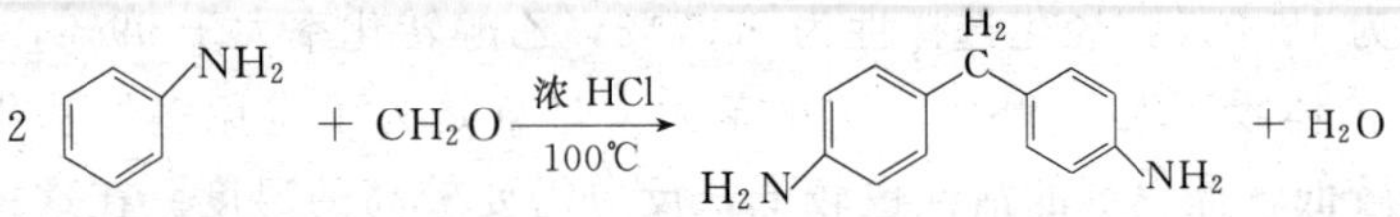

用芳醛与活泼的芳族衍生物进行烷基化反应可制备三芳甲烷衍生物。如将苯胺、苯甲醛在 30% 盐酸作用下，于 145℃减压脱水反应可得 4,4′-二氨基三苯甲烷：

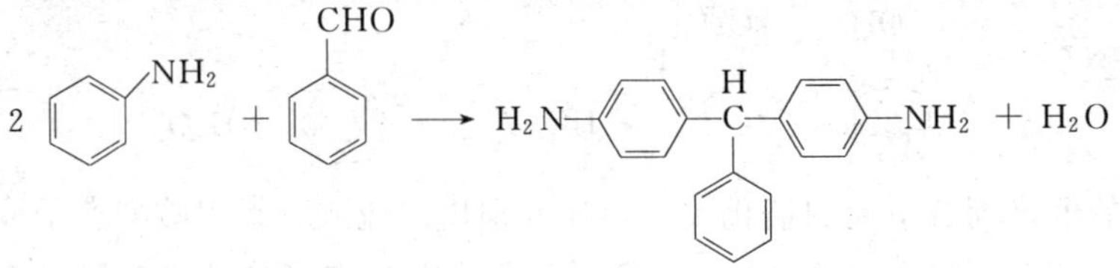

10.4.2 N-烷基化反应

氨、脂肪族或芳香族胺类氨基中的氢原子被烷基取代，或者通过直接加成而在氮原子上引入烷基的反应都称为 N-烷基化反应。这是制取各种脂肪族和芳香族伯、仲、叔胺的主要方法。其实际上也是醇、卤烷、酯、环氧化合物、醛、酮等化合物的氨解反应的另一名称。

其机理是烷基碳正离子进攻富电荷的 N 形成化合物，因此进攻试剂必须是一个碳上连有强的吸电子基团的物质。底物各种胺都可以。对烯烃来说，脂肪族或芳香族胺类都能与烯烃发生 N-烷基化反应，这是通过烯烃的双键与氨基中的氢加成而完成的。对以醛、酮为烷基化剂来说，机理是烷基化剂先与氮基发生脱水缩合，生成缩醛胺，需再经还原才能转变为胺，因此又称为还原烷基化。卤烷的 N-烷基化实例详见（1.2.5）的实例。其他反应实例如下。

（1）N-甲基吡咯烷的合成

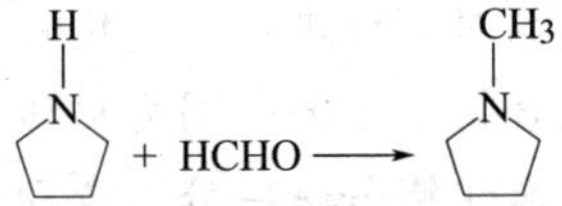

在用甲醛作烷基化剂时，首先生成的是缩醛胺，要用甲酸还原、加氢还原或其他还原剂还原才能得到甲基化产物。但加氢还原对其他基团的影响比较复杂，因此经常会用到甲酸还原，比较容易操作。首先是四氢吡咯和甲醛、水等在低于室温的条件下缩合反应，然后再加甲酸升温到 80℃ 左右还原，再进行后处理，可得到 77% 左右的产率。此反应中的加料方式有很重要的影响，吡咯和甲酸最好都采用滴加的方式才有较好的结果。

（2）N,N-二乙基-3-甲基苯胺的合成

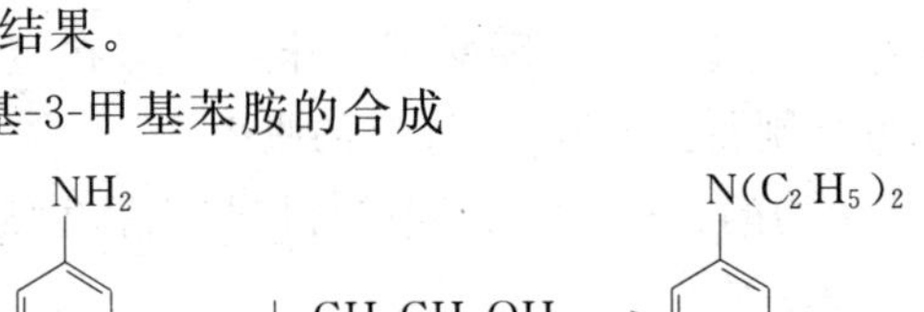

以 Ni、Sn 质量负载量各 5% 的 Ni-Sn/Al$_2$O$_3$ 为催化剂。质量分数为 8% 胺的醇溶液在温度为 180℃、压力为 1.5MPa 下反应，二乙基产物可达 97%。副产物有单乙基产物、C 上烷基化产物等。甲醇的活性较低。由于醇作为进攻试剂活性较低，需要较高的温度反应。

（3）N,O-二甲基羟胺的合成

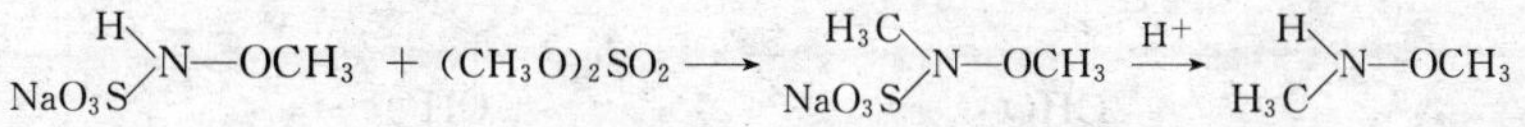

控制 pH 为 10 左右，在原料的水溶液中于 55～60℃ 滴加硫酸二甲酯和氢氧化钠溶液进行反应，在甲基化完全后再在酸性条件下水解就得到产物 N,O-二甲基羟胺。硫酸二甲酯滴加速度过快或过慢都不好，因为过快可能产生局部过酸，使得磺基水解，并产生 N,N,O-三甲基羟胺副产物，且硫酸二甲酯水解增多；若滴加过慢，反应太慢；温度高，产物及原料会有一定程度的分解。

（4）四氢吡咯的合成

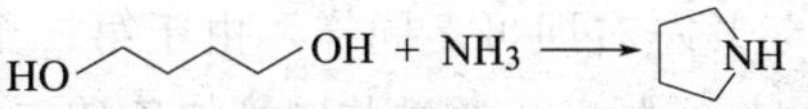

用改性的 ZSM-5 型分子筛为催化剂，在 300℃ 反应，氨大量过量，四氢吡咯的收率约为 48%。这里丁二醇作为烷基化剂，活性较低，需要较高的反应温度。主要副产物有丁二醇自身脱水生成的四氢呋喃、只有一个羟基被取代的氨醇以及消除副产物等。氨与醇的摩尔比要达到 4：1 以上。

10.4.3 *O-烷基化反应*（醚化反应）

其反应机理与 N-烷基化类似，是碳正电中心进攻氧负中心形成醚。底物是醇或酚。酚一般较醇活泼。酚具有弱酸性，在氢氧化钠溶液中就可形成氧负离子，利于正电中心进攻；而醇则需较强的碱才能形成氧负离子，因此用醇作底物时，有时会用催化剂增加碳的正电中心以促进反应的进行。

烷基化剂有卤烷、酯（如硫酸酯和磺酸酯均是良好的烷基化剂）以及醇或酚、环氧化合物等。

（1）3,6-二氯-2-甲氧基苯甲酸的合成

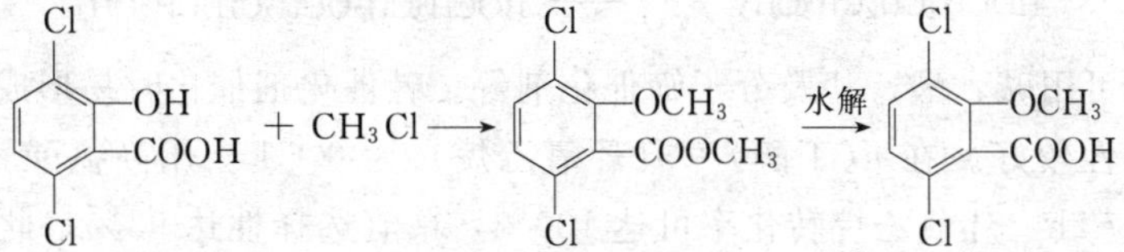

卤烷的活性顺序有：碘代烷＞溴代烷＞氯代烷，但价格顺序也是如此，且从投料量来说，由于氯代烷的分子量最小，其投料量也是最小。从成本考虑，更多的是用氯代烷。氯甲烷是气体，本反应要在保压条件下进行。在 100℃ 左右保压反应 4～5h 可得 91% 以上的收率。反应过程中要生成氯化氢，体系中要加氢氧化钠作为缚酸剂。氢氧化钠的用量也很重要。本反应可能的副反应较多，包括两个原料分子

间的酯化、氯在碱性条件下的水解等。温度越高、碱浓度越高，副反应就越多。实际上第一步反应中酯的生成就不是很完全。

（2）对甲氧基苯甲醛的制备

$$\text{对羟基苯甲醛} + (CH_3O)_2SO_2 \longrightarrow \text{对甲氧基苯甲醛}$$

将对羟基苯甲醛溶于氢氧化钠水溶液，并加入二甲苯，然后在 80～85℃滴加硫酸二甲酯，然后再加一部分氢氧化钠，共沸脱水，直到温度升到 130～140℃至反应结束。在合适的条件下，收率可达 92%以上。氢氧化钠过少，反应不完全，过多，硫酸二甲酯分解较多，收率都不高，与硫酸二甲酯的摩尔比在 2.1～2.2 收率较高。在 90℃以下，硫酸二甲酯只有一个甲基在起甲基化作用，第二个甲基的活性较低，需要在 130～140℃才能有较好的反应，此时硫酸二甲酯的摩尔数只需要为对羟基苯甲醛量的 60%左右即可。同样，由于第二个甲基的反应活性低，需要较长的时间才能反应完。实际上，通过共同滴加硫酸二甲酯和氢氧化钠溶液控制体系 pH 值进行的方法也是可行的。另外，在此类反应中还经常加相转移催化剂以促进反应，此时则可不用有机溶剂。

（3）四氢呋喃的合成

$$HOCH_2CH_2CH_2CH_2OH \longrightarrow \text{四氢呋喃} + H_2O$$

在以 $\gamma\text{-}Al_2O_3$ 为催化剂，一定的进料速率，于 320℃反应 2h 的最佳条件下，1,4-丁二醇的转化率接近 100%，四氢呋喃的选择性达 99.8%。也可用硫酸等质子酸进行催化脱水反应，虽然可在液相进行反应，但硫酸腐蚀性较大，且消除等副反应较多，收率不是很高。选择性与催化剂的性质密切相关，也与温度等有关。如用硫酸铵催化收率可达 92%左右。

（4）乙二醇单丁醚的合成

$$HOCH_2CH_2CH_2CH_3 + \text{环氧乙烷} \longrightarrow HOCH_2CH_2OCH_2CH_2CH_2CH_3$$

本反应可用碱、酸、盐及分子筛催化剂等。碱催化剂催化时易形成多醚，酸催化单醚选择性较好。在 n（丁醇）：n（环氧乙烷）为 6：1、用高氯酸锌为催化剂、150℃下反应 2h，环氧乙烷转化率可达 100%，单醚选择性达 93%。此类副反应很多，如环氧乙烷的自身缩合，环氧乙烷对产品中的羟基再进攻形成多醚产物，以及消除副反应等，其中最重要的副反应是多醚的生成，这可通过控制醇和环氧乙烷的比例以及催化剂的性质控制。若用酸作催化剂，如杂多酸等，反应温度可低些，但选择性会有较大变化。环氧乙烷的烷基化性能比较活泼，其缺点是易自身缩合，易产生多醚。

10.5 酰化反应

在有机化合物分子中的碳、氮、氧、硫等原子上引入脂肪族或芳香族酰基的反应称为酰化反应。酰基是指从含氧的无机酸、有机羧酸或磺酸等分子中除去羟基后所剩余的基团。下面讨论氮和碳上的酰化反应，氧上的酰化在酯化一节详细介绍。

10.5.1 N-酰化反应

N-酰化是胺类化合物与酰化剂反应，在氨基的氮原子上引入酰基而成为酰胺衍生物。胺类可以是脂肪族或芳香族化合物。

胺类化合物的酰化是发生在氨基氮原子上的亲电取代反应。酰化剂中酰基的碳原子上带有部分正电荷，能与氨基氮原子上的未共用电子对相互作用，形成过渡态络合物，最后转化成酰胺。反应的活性与原料的活性及空间位阻都有很大的关系。氨基氮原子上的电子云密度愈大，空间阻碍越小，则反应活性越强。

反应实例如下。

（1）对甲乙酰苯胺的合成

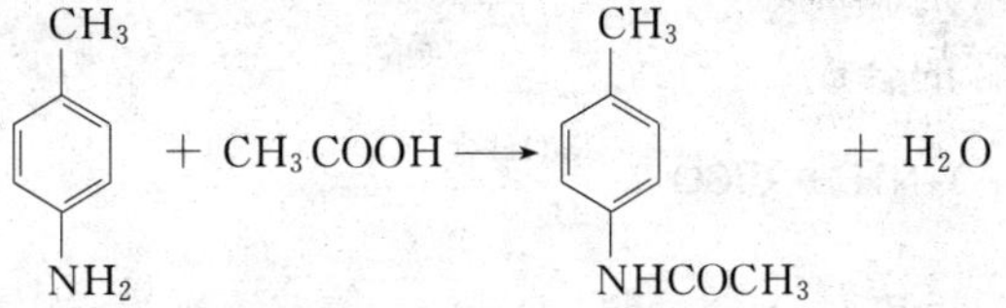

常用的酰化剂有羧酸、羧酸酐、酰氯、酯以及烯酮类化合物。酰化剂的反应活性相比有：酰氯＞羧酸酐＞羧酸，这是因为氯的电负性比氧大，而羰基的吸电子能力比氢大。本例中所用的羧酸酰化剂活性是最低的，只适用于结构较简单且较稳定的物质的酰化。

将冰醋酸和对甲苯胺的混合物在 0.5h 内升温到 118℃，保持少量回流，酰化反应 5h。继续加热升温，使稀醋酸缓慢蒸出，当温度升至 124℃ 时，冷却到 110℃，补加冰醋酸，再加热使内温升至 240℃，保温 1h 后自然冷却至 160℃，将物料倒入搪瓷盘内冷却凝固，粉碎。酰化产物对甲基乙酰苯胺收率为 98%。由于反应过程中产生水，且反应是可逆的，需要在反应过程中将水分离掉。另外，由于羧酸的反应活性较低，需要高温反应，此时对一些结构较复杂的原料就易引起各种副反应。若温度过高，会发生碳上的酰化使收率下降。这里未加入强酸催化剂。若加强酸催化剂，温度高时，易引起 C-酰化反应。

（2）N-(2-甲氧基-5-硝基苯基）乙酰胺的合成

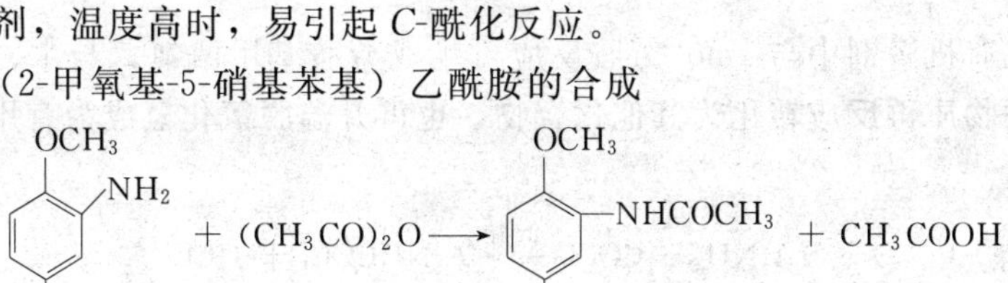

以乙酸为溶剂，室温下滴加乙酐，然后升温到70℃使反应完全，经后处理收率可达94%以上。若以水为溶剂，酰胺键及乙酐都易水解，收率较低。若乙酸用量少，体系分散不好，收率也会下降。因乙酐本身会有一些分解，若乙酐用量不足，收率也会下降，一般要过量10%～30%。酸酐比较活泼，反应比较容易进行，但工业上可用的酸酐较少。

(3) *N*-(4-氯苯基) 金刚烷甲酰胺的合成

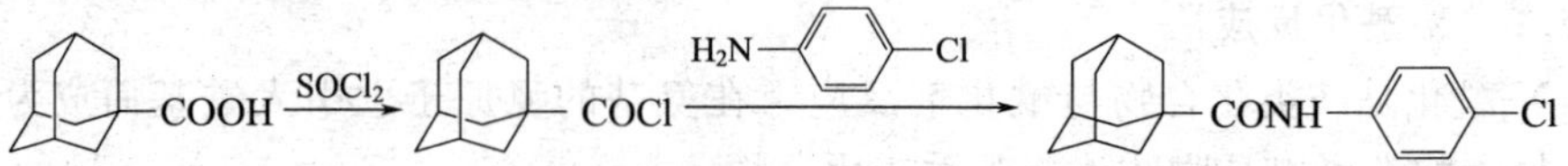

由于金刚烷空间效应较大，制备成活性较高的1-金刚烷甲酰氯进行酰胺化比较容易进行。酰氯可用过量氯化亚砜作为溶剂，在80℃左右回流反应结束后减压蒸除过量的氯化亚砜。留下的酰氯中加入甲苯作溶剂，然后滴加对氯苯胺的甲苯溶液，常温下反应完全后进行后处理，收率可达94%以上。由于此过程副反应少，反应条件温和，收率较高。

用酰氯作酰基化剂时，常常是制备好即用。有时可加一些氯仿、四氯化碳等作为酰氯化和酰胺化溶剂。

(4) 四正丁基脲的合成

$$(CH_3CH_2CH_2CH_2)_2NH + ClCOCl \xrightarrow[H_2O]{NaOH}$$

$$H_3CH_2CH_2CH_2C{-}\underset{\displaystyle CH_2CH_2CH_2CH_3}{\underset{|}{N}}{-}\overset{\displaystyle O}{\overset{\|}{C}}{-}\overset{\displaystyle CH_2CH_2CH_2CH_3}{\overset{|}{N}}{-}CH_2CH_2CH_2CH_3$$

光气$COCl_2$也是酰氯类的一种酰化剂，很活泼，常温常压下是气体，是剧毒物质。在操作过程中要特别注意防护和尾气吸收。它有两个酰氯，与2mol胺反应可生成脲。

在反应瓶中加入水、二正丁基胺、氢氧化钠搅拌均匀后，在0～5℃通入光气，然后在40～50℃保温反应完全，后处理可得收率大于90%。由于光气在碱性水溶液中会分解，需要过量才能使胺转化完全，一般要过量20%以上；另外，由于光气太活泼，要慢慢加入，一般是控制在较低的温度条件下慢慢通入，然后再慢慢升温到一定温度进行保温，否则，光气分解太多。另外，对碱的浓度和用量也有较大的要求。

光气在有机溶剂中与1mol芳胺反应可生成芳胺基甲酰氯，与水、胺、醇等具有活泼氢的物质再反应转化为其他化合物，也可升温脱氯化氢成为有用的芳基异氰酸酯

$$ArNH_2 + COCl_2 \xrightarrow{低温} ArNHCOCl + HCl$$

$$ArNHCOCl \xrightarrow{高温} ArNCO + HCl$$

但光气是剧毒物质，其使用受到严格限制。现在发展了很多的光气替代品来进行反应，如碳酸二甲酯、贵金属催化剂催化的一氧化碳羰基化以及固体光气［三光气，或二（三氯甲基）碳酸酯］等。

（5）乙酰乙酰苯胺的合成　二乙烯酮与芳胺反应是合成乙酰乙酰芳胺最好的方法：

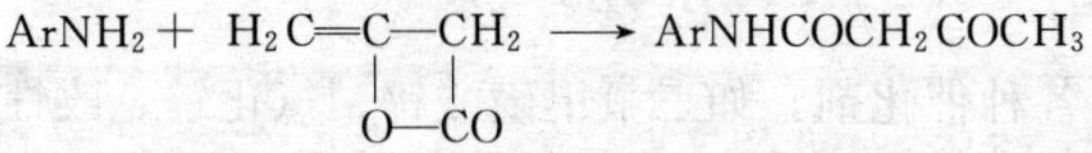

ArNH2 + H2C═C—CH2 ⟶ ArNHCOCH2COCH3
O—CO

二乙烯酮与胺的作用比与羟基作用快得多，因此可在羟基存在下与氨基进行选择酰化。这类酰化可在低温下进行（0～20℃），也可在水介质或溶剂中进行。收率可达到95%。本反应可以甲苯为溶剂，在低温下滴加二乙烯酮，然后再升温到80℃使反应完全。二乙烯酮本身比较活泼，可发生聚合；且要注意底物中若有羟基等时会有一些酯副产物易生成。苯胺可过量些，以保证二乙烯酮酰胺化安全。

10.5.2　*C*-酰化反应

C-酰化是在芳香环上引入酰基，制备芳酮或芳醛的反应过程。它一般以酰卤或酸酐为酰化剂（比 *N*-酰化稍难），有时也有用羧酸或烯酮的。其机理是亲电取代或加成反应。反应时必须加入路易斯酸或质子酸等催化剂以增强酰化剂的亲电能力。

（1）1-苯基-2-(1,2-亚乙二硫）亚甲基-1,3-丁二酮的合成

O
O
Cl
S
S
+ PhH
AlCl3
O
O
Ph
S
S

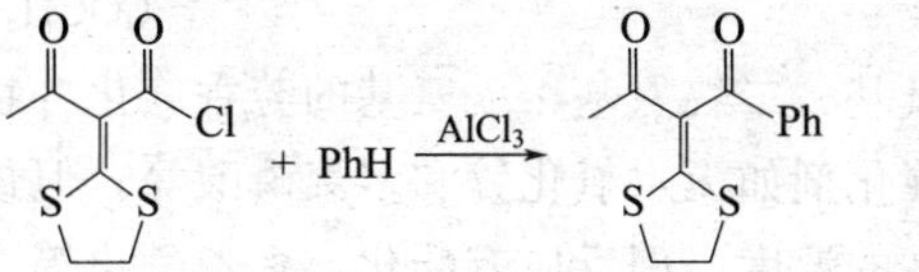

以二氯甲烷为溶剂，在其中加入酰氯、苯，然后搅拌下加入无水三氯化铝，然后加热回流0.5h，继而加入水，再加盐酸水解芳酮络合物，经萃取、分离、干燥等，得收率约72%。由于苯易分离，价格较便宜，可过量些。三氯化铝活性很高，要慢慢加入，否则会因剧烈反应导致事故。由于三氯化铝会与芳酮形成络合物而失活，因此三氯化铝的用量要比底物过量才可能使反应完全。这个反应中，三氯化铝比酰氯过量30%有较好的效果。

（2）对甲基苯乙酮的合成

CH3
+ (CH3CO)2O ⟶
CH3
+ CH3COOH
COCH3

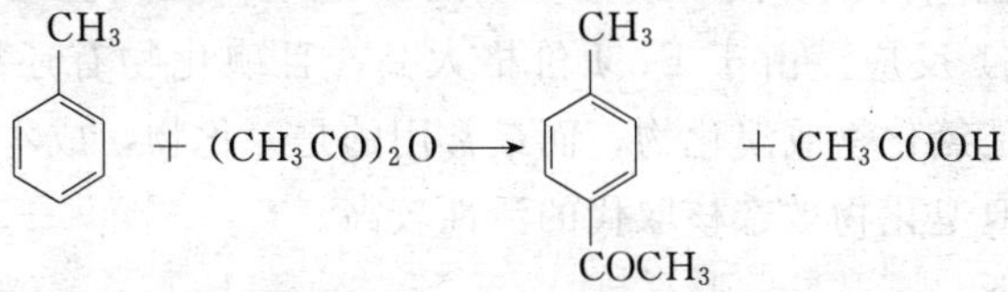

此反应可以采用各种催化剂催化。若用三氯化铝催化，则加入量一般是甲苯的摩尔数的2.2～2.5倍，因为酸酐本身还会分解1mol三氯化铝。若要使乙酸也参与酰化反应，则还要加上一倍的量。但酸与酸酐相比，活性较低，一般不会让它反应完。此反应过程也可用质子酸作为催化剂，也可用杂多酸等固体酸作为催化剂。不

同的催化剂对反应的选择性也有较大差别。如 100℃下用沸石负载磷钨杂多酸催化反应 6h 左右，对位产品选择性可达 97%左右，但总的转化率不是很高。用三氯化铝催化可在较低的温度下很易反应，但对位的选择性较差。

（3）乙酰呋喃的合成

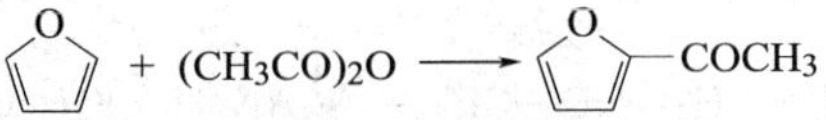

本反应可以用各种催化剂，如三氟甲磺酸锌、氯化锌、改性蒙脱土、磷酸、杂多酸等都可以。要注意，呋喃很不稳定，在酸性条件下易开环、缩合，不能用太强的酸，温度也不能太高。用普通的氯化锌等收率大约在 60%左右，采用改性蒙脱土、杂多酸等收率可做到 95%以上，但需要加三氟乙酸酐等价格昂贵的试剂。但现在工业上采用最多的是磷酸，反应比较温和，收率可达到 80%以上，后处理较方便。但要在加料、升温等环节注意。如体系中呋喃浓度过高，就易产生缩合。另外，如使用的质子酸催化剂酸性太强时呋喃会被质子化，对反应也有影响。

（4）2,4-二羟基苯乙酮的合成

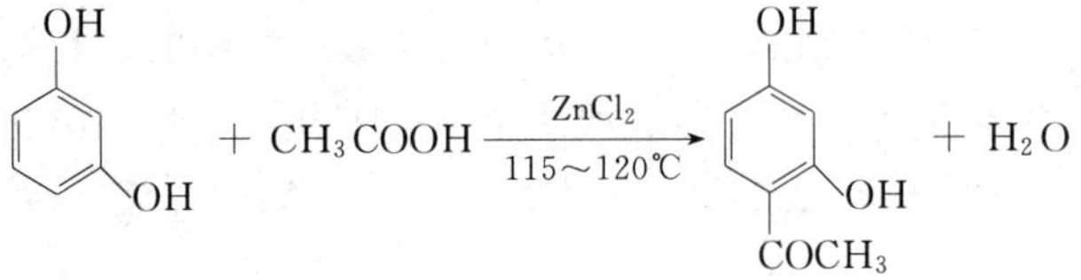

含有羟基、甲氧基、二烷氨基、酰氨基的芳香族化合物都比较活泼，为避免副反应常采用温和的催化剂如无水氯化锌和多聚磷酸等。但羧酸活性较低，相对于酰氯和酸酐，需要较高的温度。副反应有酯化、多乙酰化等，要控制好温度和原料配比，最高收率可达到 90%以上。

10.6　羟基化反应

10.6.1　亲核取代的羟基化反应

常见的底物有：RX，其中 X 是 F、Cl、Br、I、NH_2 等吸电子基团，由于它们的存在使 C 带正电荷，易被水或羟基上的 O 进攻。反应机理根据底物结构的不同可属 S_N2 或 S_N1 反应。由于 F、I 价格太高，且碘化物有还原性，胺的活性太低，因此常用的是氯化物或溴化物；而最常用的是氯化物，成本低，易合成，且 β-消除副反应少。但溴化物被亲核取代的活性较高。

反应实例如下。

（1）1,2-二氯乙烷水解制备乙二醇

$$ClCH_2CH_2Cl \xrightarrow[190℃,1.0MPa]{Na_2CO_3(aq)} HOCH_2CH_2OH$$

在用碳酸钠溶液水解时需要 190℃反应，压力为 1.0MPa，收率 80%。此反应中易发生消除副反应使收率下降。若用氢氧化钠代替碳酸钠，反应温度可下降，但由于碱性增加，消除反应会增加。反应过程中会有大量二氧化碳生成，反应釜需要较好的密封。

若不用碱，直接用水水解时，则需要 280℃ 左右的温度。从此例可看到，亲核试剂浓度对反应活性有明显的影响。

（2）邻二苄基氯的水解

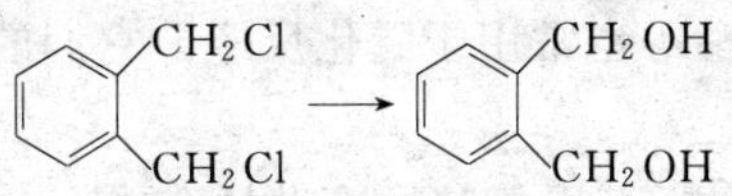

苄基氯较活泼，在水相中用 Na_2CO_3 存在时回流就可水解，收率为 91% 左右，若以乙醇/水（体积）=1∶1 为溶剂时，收率可达 97% 左右。这主要是原料和产品在水中溶解度不好，水解时易产生副反应，而加入乙醇助溶后体系为均相，有利于水解的进行，水解温度也相应降低。从这个例子与上一例子相比较可看出，底物的结构对反应影响非常大，溶剂对亲核反应也有一定影响。但若用乙醇/水混合溶剂时，要考虑到生产过程中溶剂的回收等因素，实际在经济上不一定合算。

有时从操作成本和安全考虑，可以不用有机溶剂，而是加相转移催化剂促进两相分散，同样可以得到较好的效果。

（3）2-氯甲基-3-氯丙烯-1 的水解

$$CH_2=C(CH_2Cl)_2 \xrightarrow{10\%NaOH} CH_2=CH(CH_2OH)_2$$

在其他条件基本一致，分别采用水、乙醇、DMF、DMSO 为溶剂时，收率分别为 84.4%、87.6%、97.3% 及 99.0%，这主要是原料与产品在不同溶剂中溶解度的影响及溶剂对副反应的影响引起的。本反应的碱浓度、碱种类、相转移催化剂以及水解温度等对反应也都有一定的影响。

（4）通过酯化水解的方法可采用酸性水解的方法，对碱性敏感的底物此方法效果较好，如：

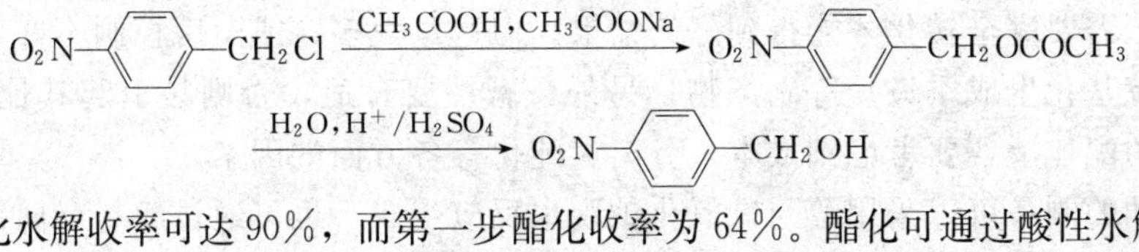

酯化水解收率可达 90%，而第一步酯化收率为 64%。酯化可通过酸性水解避免消除反应的产生，从而减少副反应。但很显然多了一步中间过程和其他原料的消耗。

10.6.2　亲核取代的醚化反应（烷氧基化反应）

醚化反应（etherification）多为 S_N2 反应，同样属亲核取代反应，常用以合成不对称醚键。

对底物为醇、进攻试剂也为醇来说，由于两者活性都较低，一般需要加催化剂，如质子酸：硫酸、磷酸等，但此类催化反应常伴随可能会引起氧化、聚合、焦化等副反应，因此醚化催化剂的发展也是重要的课题之一，如离子交换树脂、分子筛、杂多酸、固体超强酸及它们的改性产品等。

对底物为卤化物来说，提供进攻试剂的是醇钠或酚钠等 RO⁻。由于卤烃在强碱作用下很易发生消除副反应，因此卤烃只有是伯卤烃才有应用价值，而叔卤烃、仲卤烃及相邻仲基的伯卤烃都很少有应用价值。对卤烃的卤原子来说，其活性一般是：I>Br>Cl，但其副反应的活性顺序也如此，因此一般用氯烃。一般常用乙醇、甲醇为溶剂，某些场合可用水作溶剂。

重氮甲烷和硫酸二甲酯等也常用于醚化反应，它们的活性较高。

反应实例如下。

(1) 药用生物碱中间体 5-甲氧基异喹啉的合成

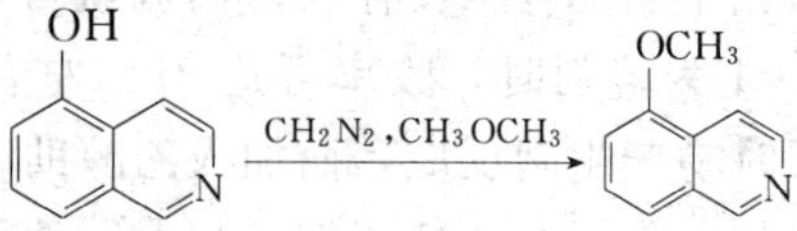

重氮甲烷是非常活泼的甲基化剂，非常不稳定，一般是制备好立即使用。另外，它是剧毒物质，要注意保护安全和及时处理。

反应在冰浴条件下即可进行，收率约为 49%。注意温度太高或重氮甲烷过量太多会在 N 上进行甲基化生成季铵盐，因为 N 也是富电子的，易进攻碳正离子。这个例子表明同一个底物上有不同的可进攻的位置时要注意反应的选择性，此时反应条件的选择就显得很重要。由于重氮甲烷太活泼，副反应较严重，所以收率不高。

(2) 苄吲酸中间体 1-苄基-吲唑-3-氧乙腈的合成：

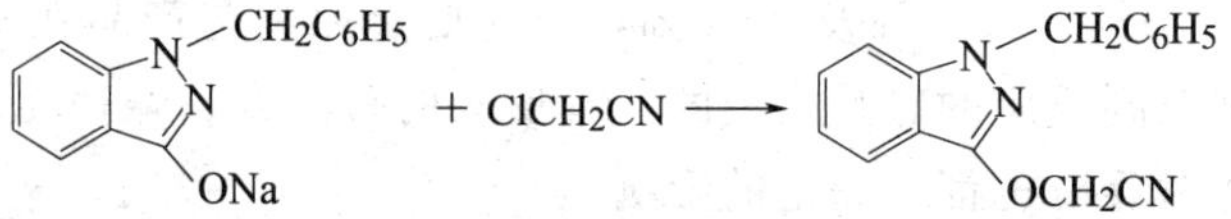

反应可在无水乙醇中回流反应，收率约为 70%。用无水乙醇作溶剂可减少水解。氯乙腈一般要稍过量，因为 1-苄基-3-羟-吲唑钠盐贵得多，与产品结构相似，难分离，需要完全转化才能得到好的结果。但过量太多，或温度控制不好，就可能在氮上烷基化生成季铵盐等副产物。另外，碱性要合适，否则易引起其他副反应。在原料的配比上，要考虑到成本、分离、纯化等各方面的因素。

醇钠的制备可以采用醇与氢氧化钠脱水反应生成，也可通过醇与金属钠反应形成。两种方法各有优缺点。采用醇与金属钠的反应比较迅速，但比较危险。

(3) 依他尼酸中间体 2,3-二氯苯甲醚的合成：

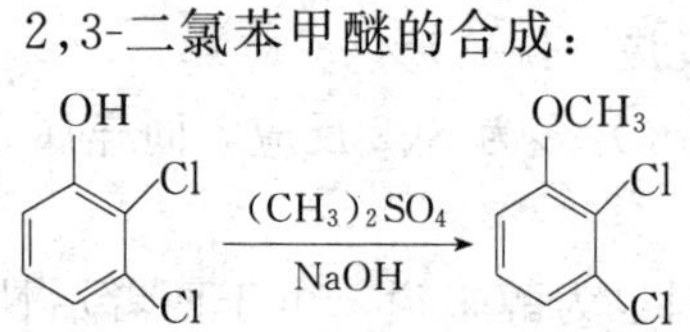

反应以 30% 液碱为缚酸剂。在反应中同时要滴加液碱和硫酸二甲酯，控制反应的 pH 值，以免硫酸二甲酯分解过多且卤苯水解，在 65～75℃ 下反应，收率可

达85%。这个反应的关键在于pH值和温度的控制。温度过高，硫酸二甲酯水解太快，且氯会有一定水解；温度过低，甲基化太难，硫酸二甲酯在体系中累积浓度增高也会导致水解增加。硫酸二甲酯用量为3倍（mol）左右。此反应特别要注意局部过浓和过热的问题，否则得不到好的收率。

这类反应中常常可加一些相转移催化剂提高反应效率。

（4）选择性合成酶TXA2抑制剂哒唑氧苯中间体　4-（2-氯乙氧基）苯甲酸的合成：

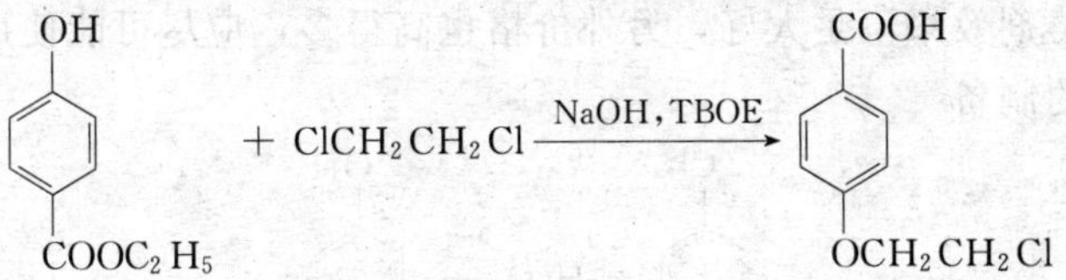

由于原料难溶于水和碱，因此反应中一般要加相转移催化剂TBOE［溴化三丁基-（2-羟乙基）铵］以促进反应。在烷氧基化发生的同时酯水解生成钠盐，加盐酸可得游离酸产品。此工艺过程中要注意反应温度、原料配比，否则有可能产品也可能被羟基或烷氧基取代形成副产物，使收率下降。较优条件下收率可达约86%。

（5）阿普洛尔中间体　烯丙基苯基醚的合成：

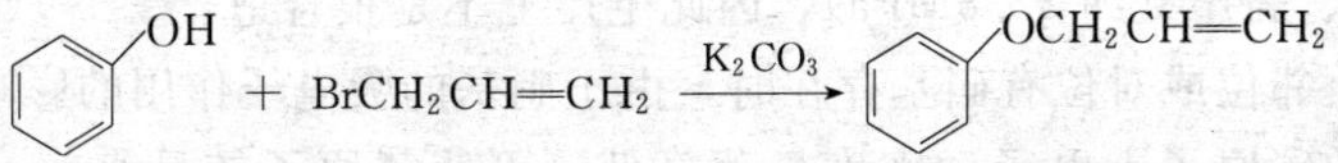

此反应可以丙酮为溶剂，无水碳酸钾为缚酸剂，加热回流反应，收率约为85%。由于酚有一定的酸性，用碳酸钾即可生成酚盐进攻底物。碳酸钠在丙酮中的溶解性比碳酸钾差，反应不利。若体系有水，则3-溴丙烯很易水解，因此要在无水条件下进行，同时碱性不能太强，若用氢氧化钠等强碱，3-溴丙烯的单耗要增加。

10.6.3　芳环上的羟基化及烷氧基化反应

芳环上的羟基化及烷氧基化反应主要包括芳磺酸盐的碱熔、卤代化合物的水解及烷氧基化、芳伯胺水解、重氮盐水解及烷氧基化等。下面分羟基化及烷氧基化反应分别举例说明。

10.6.3.1　酚的制备

（1）对苯基苯酚的合成

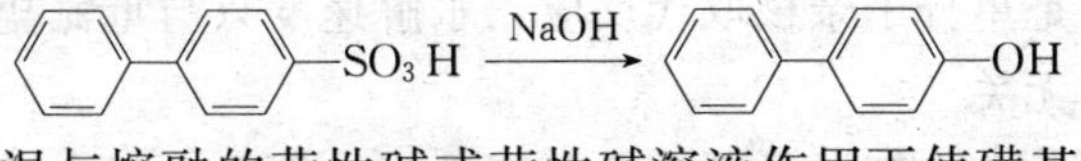

芳磺酸盐在高温与熔融的苛性碱或苛性碱溶液作用下使磺基被羟基所置换的反应叫做碱熔。生成的酚钠用无机酸酸化即转变为游离酚。本合成方法工艺过程简单，对设备要求不高，但需大量酸碱，三废多，已趋向于改用其他更加先进的方法。

碱熔是一个亲核取代过程。在磺酸盐中芳环上与磺基相连的碳原子由于受到硫原子的诱导效应的影响，其电子云密度比芳环上其他碳原子低，因此亲核试剂OH 较易进攻这个位置。

碱熔的影响因素包括：碱熔剂，磺酸的结构，无机盐的影响，碱熔的温度和时间，碱的用量等。

上述反应碱熔温度设在 $320\sim330℃$，反应时间 1h 左右，氢氧化钠与对苯基苯磺酸的摩尔比在 8∶1 左右，收率可达 88% 左右。温度过低，碱熔不完全，温度过高易产生砜等副产物及氧化副产物，反应时间过长也易产生副产物。这个反应中用氢氧化钾作碱熔剂效果不是太好，另外价格也高得多，应尽可能使用氢氧化钠。

（2）苯酚的制备

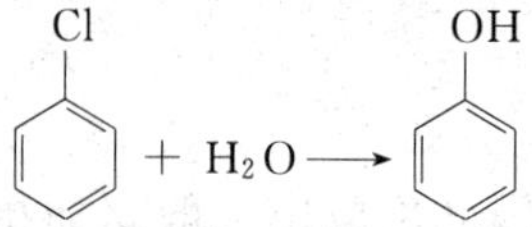

卤代芳烃活性较低，水解需要用碱或有催化剂存在。如氯苯在高温和催化剂存在下用磷酸三钙或氯化亚铜/硅胶作催化剂，使氯苯和水蒸气在 $420\sim520℃$ 反应（常压、气相）可生成苯酚和氯化氢；氯苯也可在苛性钠作用下水解生成苯酚。反应中除生成苯酚外还有副产二苯醚和 2-苯基酚或 4-苯基酚等。此反应需要高温（400℃以上）、高压（约 32.5MPa），因此生产上不是很合适。

当苯环上邻位或对位有硝基存在时，由于硝基的吸电子作用的影响，苯环上与氯原子相连的碳原子上电子云密度显著降低，可使氯原子较易水解。如 2,4-二硝基氯苯在常压下于 $90\sim105℃$ 即可水解。

（3）间氟苯酚的合成

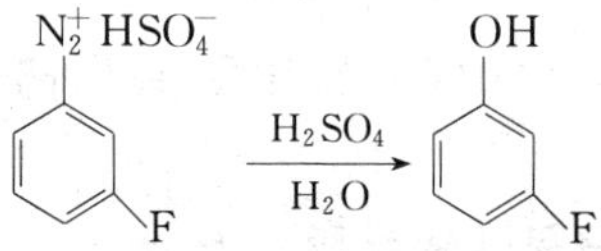

由芳伯胺重氮化生成的重氮盐经酸性水解即可得到酚。利用此法可将羟基导入指定的位置。常用的重氮盐是重氮硫酸氢盐，分解常在硫酸溶液中进行。重氮盐的分解不宜采用盐酸和重氮盐酸盐，因氯离子的存在会导致发生重氮基被氯原子取代的副反应。重氮盐水解成酚的一个改良方法是将重氮盐与氟硼酸作用，生成氟硼酸重氮盐，然后用冰醋酸处理，得乙酸芳酯，再将它水解即得酚。

重氮盐的水解是单分子亲核取代反应，水解速度只与重氮盐的浓度成正比，而与亲核试剂的浓度无关。

重氮盐很活泼，在水解时易发生各种副反应，因此在反应过程中总是将冷的重氮盐硫酸氢盐溶液慢慢滴加到热的或沸腾的稀硫酸中，使重氮盐在反应液中的浓度始终很低，以控制副反应的发生。水解生成的酚最好随同水蒸气一起蒸出，或加入有机溶剂使产物转移到有机相中避免副反应的发生。

重氮盐水解时若有硝酸存在，则可制得相应的硝基酚。

如上述反应的具体操作是：烧瓶中加入 95％硫酸 62g、30mL 水，边搅拌边加热到 150℃，2.5h 内滴加重氮液，控温在 140～150℃，滴加后再共沸蒸馏 30min，馏出液用二氯甲烷萃取，后处理可得 85％左右收率的产品。也可用磷酸来水解。

10.6.3.2 芳环上的烷氧基化反应

芳环上的取代基（主要是氯原子和硝基）被烷氧基所置换的反应叫烷氧基化。烷氧基化也是亲核取代反应。重氮盐也可被烷氧基化生成相应产物，但除特定取代位置外一般用得较少，一是因为过程长，成本高，二是收率也不高。反应实例如下。

邻硝基苯乙醚的合成：

$$+C_2H_5OH \longrightarrow$$

在碱性试剂存在下用醇作用于芳香族氯衍生物可得到烷氧基取代的芳烃，一般适用于邻位或对位有硝基活化后的氯苯。与芳香族卤化物起作用的实际上是醇与氢氧化钠反应生成的醇钠。在此反应中因有氢氧化钠的存在，还会有少量酚类副产物生成。反应温度高，碱浓度高，硝基酚生成多。

另外，芳香族衍生物中的硝基在碱性介质中也能受醇钠的还原作用生成氧化偶氮苯。若反应温度高，所用醇中有醛类杂质，碱浓度高，则易生成氧化偶氮苯。

因此在反应过程中常采用逐步加碱的方法以控制碱浓度，另加入一些弱氧化剂如空气、二氧化锰等以防止硝基还原。

烷氧基化时常加入相转移催化剂（主要是季铵盐），可以减少醇用量、缩短反应时间，反应可在常压下进行。这主要是季铵盐可与水相中 OR⁻ 结合成离子对，然后将此转移到有机相，使原来不溶于有机相的亲核试剂变为溶于有机相，同时因季铵盐与 OR⁻ 的亲和力较小，提高了它的活泼性，促进反应的进行。

若芳香氯衍生物中没有使氯原子活化的吸电子基时，反应一般较难进行，这时要用到其他措施。如采用其他相转移催化剂，如冠醚；采用非质子极性溶剂如六甲基磷酰胺（HMPA）、二甲基亚砜等可促进反应。

上述反应的操作过程为：在带有回流冷凝器和恒压滴液漏斗的四口烧瓶中加入邻硝基苯氯苯和乙醇，再加入一定量的聚合物相转移催化剂，然后搅拌升温回流后，缓慢滴加 50％的氢氧化钠水溶液。滴加完毕后继续反应 6h 至反应完全后进行后处理，可得到 93％以上的收率。

10.6.3.3 芳氧基化反应

芳环上的取代基被芳氧基所取代的反应叫做芳氧基化，制得的产物是二芳基醚。

二芳基醚一般由芳族卤化物或硝基化合物与酚钠盐（或酚钾盐）相互作用而

得。反应通常在较高的温度和无水介质中进行，只有对非常活泼的卤化物（如2,4-二硝基氯苯等）才能在水相中反应得到好的收率。

反应实例如下。

（1）2,4-二氯-4′-硝基二苯醚的合成

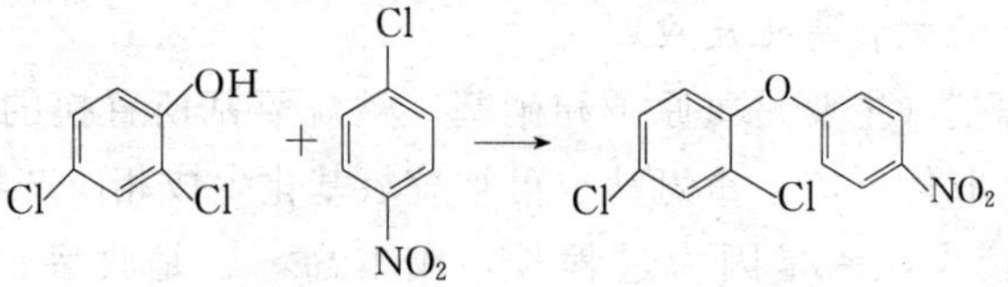

卤代苯上有硝基等强吸电子基团有利于反应的进行。若卤苯活性太低，可加些铜或铜盐作催化剂，有利于反应的进行。

反应操作为：先将45%～48%的KOH溶液加入缩合锅，搅拌，再按对氯硝基苯∶2,4-二氯苯酚∶KOH(mol)=1∶1.3∶1.3的配料比，向缩合锅投入熔融的对氯硝基苯和2,4-二氯苯酚。升温脱水，缩合，在195℃左右反应2h，然后将反应物降温至100℃以下，用冷水或80℃温水洗涤至pH=7～8。在搅拌下减压干燥脱水或用蒸汽干燥，出料。收率可达90%以上。但此法要严格控制温度，否则温度升高有可能导致硝基化合物爆炸。

也可采用DMF溶剂法，采用共沸蒸馏脱除体系水分，以无水碳酸钾作为缚酸剂，在155～160℃反应至终点，收率可达95%以上。此方法收率较高，反应条件较温和，但有溶剂回收等问题。

（2）1,5-二苯氧基蒽醌的合成

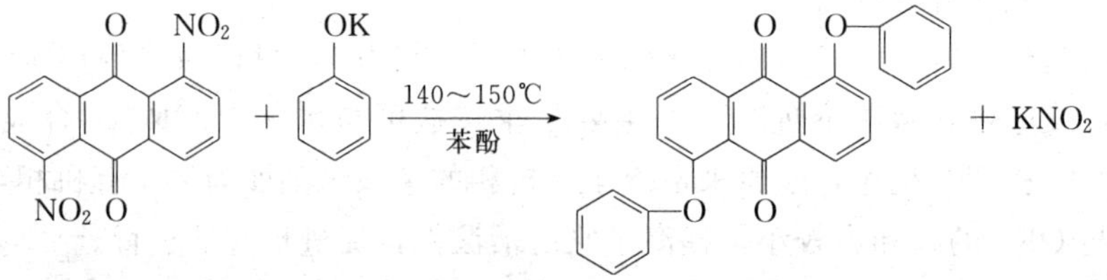

酚钾也可取代活泼硝基形成二芳基醚。反应过程中会生成亚硝酸盐，要注意安全。苯酚本身作为溶剂，大量过量，在其中加入氢氧化钾形成酚钾，然后升温反应。收率可达80%以上。

10.7　酯化反应

O-酰化反应一般称酯化反应，通常是指醇或酚和含氧的酸类（包括有机酸和无机酸）作用生成酯和水的过程，其实就是在醇或酚羟基的氧原子上引入酰基的过程。其反应通式为：

$$R'OH + RCOZ \rightleftharpoons RCOOR' + HZ$$

RCOZ为酰化剂，其中的Z可代表：OH、X、OR″、OCOR″、NHR″等。酰化

反应可根据实际需要选用羧酸、羧酸酐、酰氯等作为酰化剂。除了最常用的醇或酚的酯化外，还可选用酯交换法，腈或酰胺和醇的酯化法，以及烯、炔类的加成酯化法等。

10.7.1　羧酸法

羧酸法是最典型的酯化法，反应通式为：

$$R'OH + RCOOH \underset{}{\overset{H^+}{\rightleftharpoons}} RCOOR' + H_2O$$

此法又称为直接酯化法。底物是醇、酚或其盐，进攻试剂是羧酸。

羧酸酯化法是以酰基为进攻试剂的亲电取代反应，但更多的是称为以醇为进攻试剂的亲核取代反应。这种方法一般需要有少量的酸性催化剂存在，常用的有硫酸、盐酸、磺酸等，也可用锡盐、有机钛酸酯、硅胶、阳离子交换树脂等。用硫酸、盐酸等强酸催化剂时有生成氯代烃、脱水、异构化或聚合等副反应形成；而用金属盐类作催化剂时副反应较少，但活性较低，需较高的反应温度。用树脂作催化剂时，可使催化剂较易从反应体系中分离回收，简化工艺。

本反应是一可逆反应，因此常在反应过程中使水或产物不断从反应体系中分离出来以促进反应完成。如常用共沸蒸馏脱水法（苯、甲苯等），加脱水剂如分子筛脱水等。对低沸点酯常直接蒸出酯以分离产物。

反应实例如下。

（1）质子酸催化法

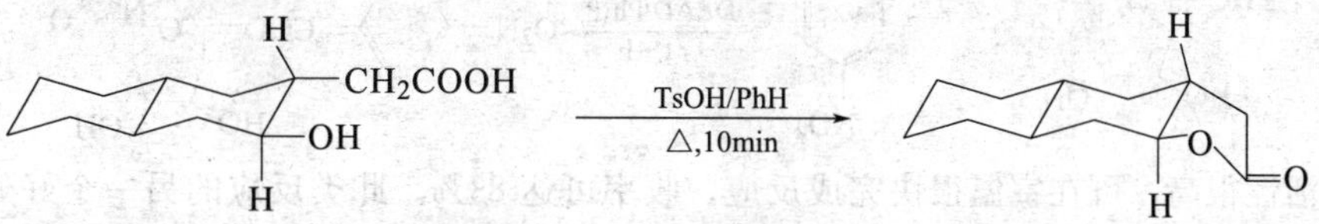

对甲苯磺酸是良好的酯化催化剂，苯既可作为溶剂，也可作为共沸点脱水剂使反应转化完全。由于原料羧基与羟基位置合适，可形成内酯形成六环，且收率可高达97%。

（2）路易斯酸催化法

此法是定量分析方法检测羧酸的一种常用方法，如鱼油中的不饱和脂肪酸就可通过此法生成酯后再用气相色谱测定，这说明此类方法酯化反应完全，副反应少。一般过程是先制备成氢氧化钠的无水甲醇溶液和三氟化硼的甲醇溶液备用。将羧酸加到过量的氢氧化钠的无水甲醇溶液中，变成羧酸盐，然后再加三氟化硼的甲醇溶液进行催化保温反应。三氟化硼供应的一般是乙醚溶液，因此反应过程中还有乙醚存在。反应温度不能太高，否则甲醇易挥发。另外，挥发的乙醚应回收。反应结束后，三氟化硼也可蒸馏回收。产品收率可达94%。

（3）Vesley 法——强酸型离子交换树脂加硫酸钙法

$$CH_3COOH + CH_3OH \xrightarrow[\text{10min}]{\text{Vesley 法}} CH_3COOCH_3$$

强酸型离子交换树脂催化法与质子酸、路易斯酸催化法相比有催化剂易回收、三废少等好处，是酯化工艺绿色化研究很重要和活跃的一个方向。相关的催化剂研究很多，种类也很多。上述工艺收率可达 94%。

（4）二环己基碳二亚胺（DCC）及其类似物脱水法

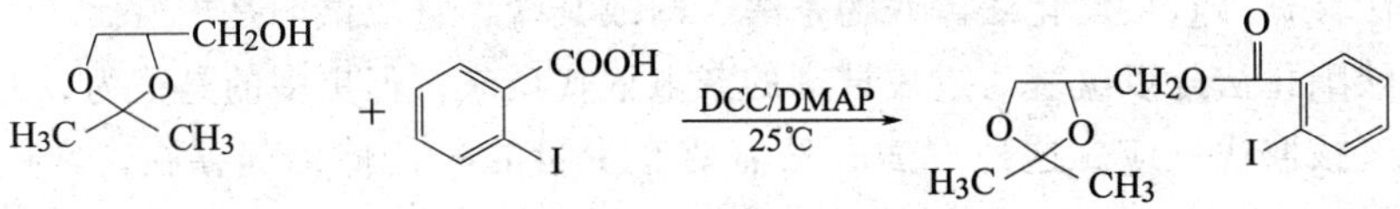

一般是在乙腈或四氢呋喃等溶剂中，先加入原料酸、醇及催化剂量的 DMAP（4-二甲氨基吡啶），然后加入稍过量的 DCC，在一定温度下保温使反应完成。注意，DMAP 是起到碱性催化剂的作用，DCC 是作为脱水剂，生成 1mol 水就需要消耗 1mol DCC。一般溶剂等需要脱水以免影响 DCC 的脱水效果。反应生成的二环己基脲(DCU) 要回收处理。此类反应温度一般不超过 30～40℃。产品的收率可达 96%。

（5）偶氮二羧酸二乙酯法（DEAD）——利用 DEAD 和三苯膦反应以活化醇

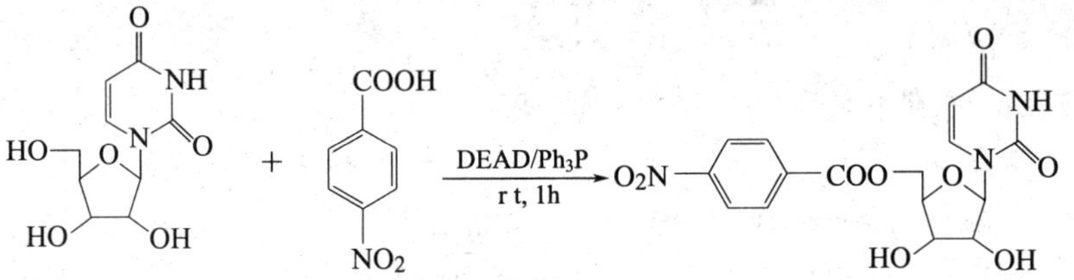

活性很高，可在室温很快完成反应。收率可达 83%。此类反应的另一个好处是由于三苯膦的位阻可对伯醇、仲醇进行选择性酰化。但要考虑到原料成本的问题。

10.7.2 羧酸酐法

羧酸酐是比羧酸强的酰化剂，适用于较难反应的酚类化合物及空间位阻较大的叔羟基衍生物的直接酯化。这种酯化方法与醇酸法不一样，是不可逆的，所以这种方法可使底物完全酰化。

酸酐反应可用酸性或碱性催化剂催化，如硫酸、高氯酸、氯化锌、三氯化铁、吡啶、无水乙酸钠、对甲苯磺酸或叔胺等，以硫酸、吡啶和无水乙酸钠为最常见。

常用的酸酐除乙酸酐、丙酸酐外还有二元酸酐等，如苯二甲酸酐、顺丁烯二酸酐等，这类酸酐与醇反应先生成单烷基酯，再生成二元酯的难度较大。

由于大分子酸酐难制备，在应用上有局限性。

由于混合酸酐具有反应活性强和应用范围广的特点，所以更有实用价值。

本反应的本身副反应较少，一般收率较高，特别是用混酸酐方法。

应用实例如下。

（1）羧酸-三氟乙酸混合酸酐

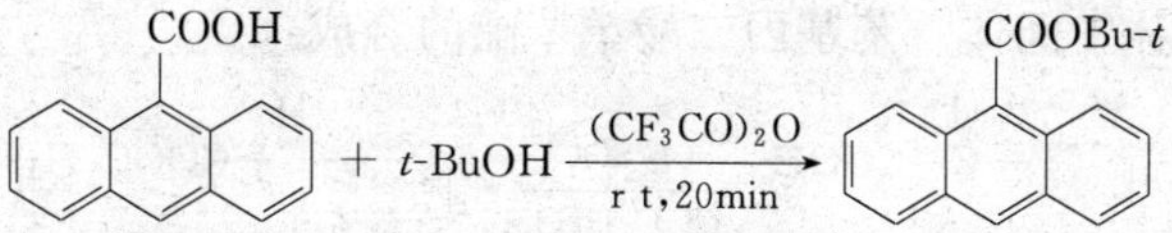

三氟乙酸酐先与羧酸形成混合酸酐，再进攻丁醇生成酯，在室温反应很快能完成。若不用混合酸酐，由于底物与进攻试剂的空间效应都较大，反应很难进行。收率约 95%。但要注意，三氟乙酸酐的价格较高。

（2）羧酸-磺酸混合酸酐

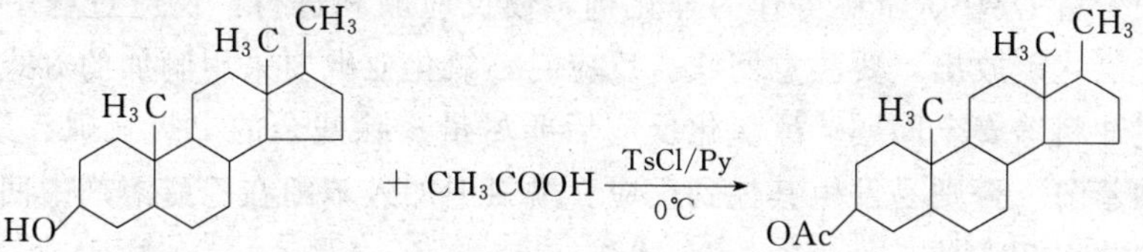

其中 TsCl 是磺酰氯，先与乙酸形成酸酐，再与醇反应，反应中以吡啶（Py）为溶剂，反应很快，收率约 88%。

（3）羧酸-膦酸混合酸酐

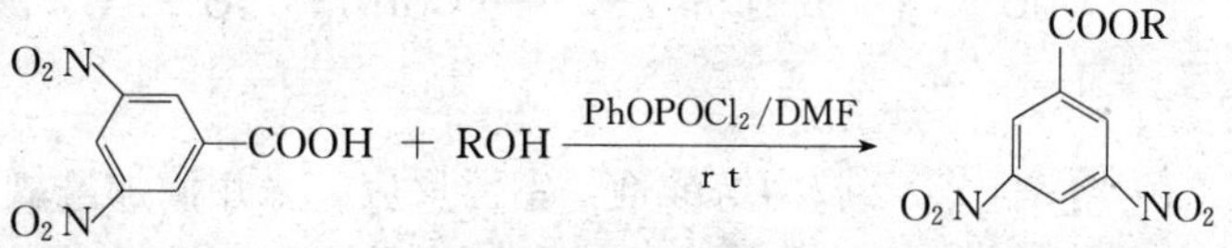

以二甲基甲酰胺（DMF）为溶剂，有机膦酸与羧酸形成混合酸酐，反应很快，收率 80%以上。注意，有机膦酸价格很高，用于工业化要经过经济核算。

（4）羧酸-多取代苯甲酸混合酸酐

$$H_3C(CH_2)_2-\underset{CH_3}{\overset{H}{\underset{|}{C}}}-COOH + t\text{-BuOH} \xrightarrow{2,4,6\text{-三氯苯甲酸}} H_3C(H_2C)_2-\underset{CH_3}{\overset{H}{\underset{|}{C}}}-COOBu\text{-}t$$

以三氯苯甲酸与羧酸形成混合酸酐也可使反应加快，收率 95%

10.7.3 酰氯法

以酰氯为酰化剂与酸酐作为进攻试剂一样也是一个不可逆反应，所以酯化比较完全。

酰氯的反应活性比相应的酸酐为强，反应极易进行。对一些空间阻碍较大的叔醇，选用酰氯也能顺利完成酯化反应。

因反应过程中会生成 HCl，因此若原料中有对此敏感的基团如叔醇的羟基可被氯取代时，要用碱中和酯化生成的氯化氢。常用的缚酸剂有碳酸钠、乙酸钠、吡啶、三乙胺等。若反应过程中碱性太强，则酰氯易分解，得不到酯化产品，因此选用碱和加碱方法是较重要的。

由于脂肪族酰氯对水很敏感，因此溶剂一般选用非水溶剂，如苯、二氯甲烷等；而对芳香族酰氯，其活性较弱，则可在碱性水溶液中进行酯化反应。

应用实例如下。

（1）羧苄西林中间体 苯基丙二酸单苯酯的合成：

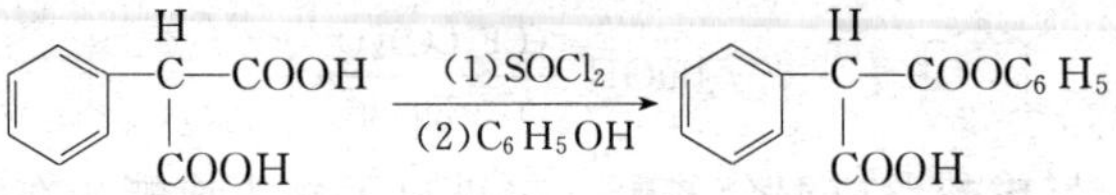

酰氯一般是现场制备的。第一步是在乙醚中用氯化亚砜将苯基丙二酸变成酰氯，这里注意体系中要无水，否则氯化亚砜要分解，导致收率下降；另外氯化亚砜不能过量，否则，两个羧基都要被酰化，双酯化产物就要多；还有，制备酰氯的过程中可加少量 DMF、吡啶等作为催化剂，使反应顺利进行。反应过程中有大量氯化氢、二氧化硫放出，要注意回收。反应时，氯化亚砜要采用滴加的方式加料，否则易产生冲料等安全问题。酰氯化反应后要尽量蒸除残余的二氯亚砜、氯化氢等，然后再加苯酚，否则易发生其他副反应。酰氯中加入苯酚在乙醚溶剂中回流反应结束，可得收率 78% 左右。

（2）齐多夫定肉豆蔻酯的合成

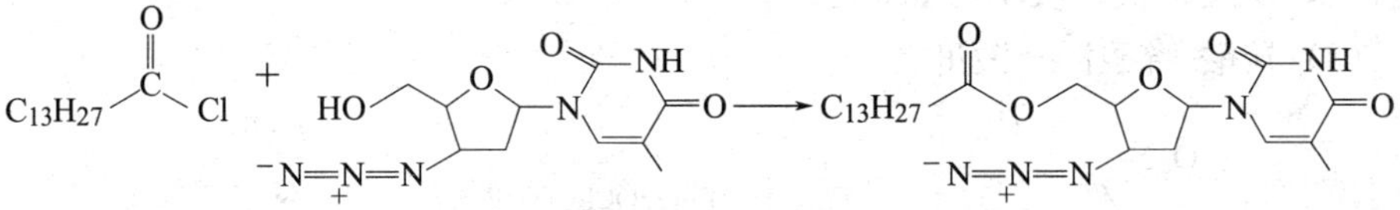

用乙酸乙酯为溶剂，三乙胺为缚酸剂，室温反应，采用滴加酰氯的乙酸乙酯溶液的方法，反应 4h，收率可达 66%。酰氯由于会分解，且齐多夫定的价格较高，酰氯投料量要多 20% 左右较好，相应的缚酸剂量要增加。缚酸剂对反应会有较大影响。如用碳酸氢钠为缚酸剂，体系在反应过程中会产生水，分解酰氯，使收率很快下降。

10.7.4 酯交换法

酯交换法是指酯与其他的醇、羧酸或酯分子中的烷氧基或酰基进行互换反应，实现由一种酯转化为另一种酯，它包括醇解、酸解和互换反应。这三类反应都是利用反应的可逆性实现的。

10.7.4.1 醇解

醇解在酯交换法中用得最多。一般总是把酯分子中的伯醇基由另一沸点较高的伯醇基所取代，甚至还可以由仲醇基所取代。一般是在反应过程中将生成的醇不断蒸出以完成酯交换反应。此过程中可用酸（硫酸、干燥氯化氢或对甲苯磺酸）或碱（通常是醇钠）催化，也可用强碱性离子交换树脂、分子筛或配合物作为催化剂。催化剂主要是根据原料的性质选择，要使副反应减少。催化剂的需要量一般很少。

如碳酸二苯酯的合成：

$$PhOH + H_3CO-\overset{\underset{\displaystyle ||}{O}}{C}-OCH_3 \longrightarrow PhO-\overset{\underset{\displaystyle ||}{O}}{C}-OPh + CH_3OH$$

用三氟磺酸、甲基磺酸、对甲基苯磺酸、苯磺酸与 Bu_2SnO 形成的配合物为催化剂，甲苯作溶剂，在 180℃下反应精馏 27 h，碳酸二甲酯的转化率达到 98.4%，碳酸二苯酯的收率为 95.4%。在反应过程中要不断地分离掉甲醇才能使反应完成。

10.7.4.2 酸解

酸解是通过酯与羧酸的交换反应合成另一种酯。这种方法特别适合于合成二元酸单酯及羧酸乙烯酯等。

各种有机羧酸的反应活性相差不是很大，只是带支链的羧酸、某些芳香族羧酸以及空间位阻较大的羧酸其反应活性才较弱。

常用催化剂有浓盐酸、乙酸汞、浓硫酸等。

要使反应完全必须使原料酸过量且不断将产物移出才行。

如己二酸二乙酯与己二酸于二丁醚中在浓盐酸催化下加热回流可酸解成己二酸单乙酯：

$$H_5C_2OOC(CH_2)_4COOC_2H_5 + HOOC(CH_2)_4COOH \rightleftharpoons HOOC(CH_2)_4COOC_2H_5$$

又如在催化剂乙酸汞和浓硫酸存在下乙酸乙烯酯与十二酸加热回流可酸解成十二酸乙烯酯：

$$CH_3(CH_2)_{10}COOH + CH_3COOCH=CH_2 \rightleftharpoons CH_3(CH_2)_{10}COOCH=CH_2$$

10.7.4.3 互换

互换反应是指两种不同酯之间进行反应生成另外两种新的酯。此过程也可用酸催化。完成这种互换反应的先决条件是在反应生成的酯中有一种酯的沸点要比另一种酯的沸点低得多，这样就可在反应过程中不断蒸出生成的沸点低的酯，而使反应顺利进行，如：

$$CH_3COOPh + H_3CO-\overset{O}{\underset{\|}{C}}-OCH_3 \longrightarrow PhO-\overset{O}{\underset{\|}{C}}-OPh + CH_3COOCH_3$$

因乙酸甲酯的沸点较低，易从反应产物中蒸出，从而使互换反应顺利进行。反应完成的好坏在于能否及时除去乙酸甲酯。

10.7.5 烯酮法

乙烯酮的活性极高，易与醇类反应生成乙酸酯。此法产率很高。此反应可用酸（硫酸、对甲苯磺酸等）或碱（叔丁醇钾等）来催化。它可与反应活性很差的叔醇或酚类也可制成乙酸酯。当与含 α-氢的醛或酮反应即可得乙酸烯醇酯。

反应实例如下。

（1）醋酸异丙烯酯的合成

$$H_2C=CO + CH_3COCH_3 \xrightarrow{H_2SO_4} CH_3COOC\underset{CH_2}{\overset{CH_3}{<}}$$

反应也可以用离子交换树脂催化。在 60~70℃下将乙烯酮通入加有催化剂的丙酮溶液中，反应一定时间，一次性收率可接近 55%，接近平衡转化率。但选择性随着酸性的增加、催化剂量的增加会逐渐下降。这主要是在反应条件下有烯烃的聚合等副反应发生。

（2）乙酰乙酸乙酯的合成

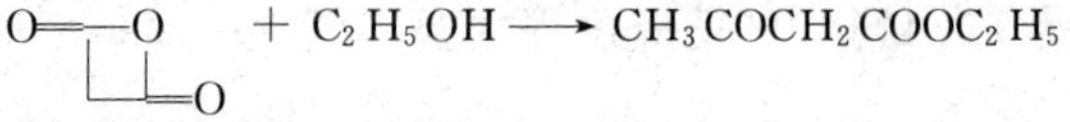

$$\text{O}=\overset{\displaystyle}{\underset{\displaystyle}{\bigcirc}}\text{O} + C_2H_5OH \longrightarrow CH_3COCH_2COOC_2H_5$$

双乙烯酮也有很高的活性，是制备 β-酮酸酯特别是 β-酮酸叔丁酯的重要原料。如上述反应，是在无水乙醇中加入催化剂后，升温到一定温度后滴加入双乙烯酮进行反应，再保温至反应完全。反应过程中的副反应有双乙烯酮本身的缩合产物，以及产品在高温下的分解等。常用的催化剂有强碱如醇钠、弱碱如三乙胺、强酸如硫酸、弱酸如乙酸、盐如有机酸钠等，不同的催化剂有不同的活性。叔胺如三乙胺的催化效果较好。在 $70\sim90℃$ 下反应，滴加双乙烯酮时间长一些，乙醇过量 15% 左右，可得到较好的收率，约为 94% 左右。

10.7.6　腈的醇解

在硫酸或氯化氢作用下，腈与醇共热得酯，反应实例如龙脑烯酸正丙酯的合成：

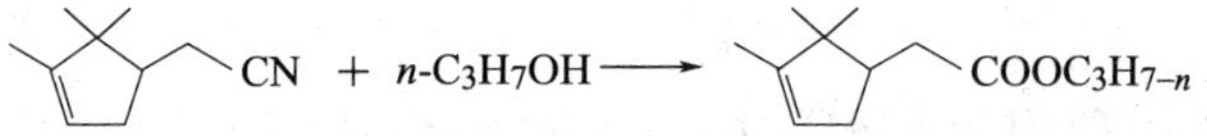

取一定量龙脑烯腈溶于正丙醇，然后在小于 $-15℃$ 的条件下通入干燥氯化氢，然后室温放置一定时间使反应完全，进而用碳酸钠水溶液在室温水解，再经萃取、蒸馏纯化等后处理可得收率 86% 以上的产品。要注意，这里有双键，条件控制不好会产生加成、聚合等反应。因此，通入的氯化氢要干燥，并且要慢慢通入。

本方法也是制备酯类用得较多的方法之一，特别适用于制备多官能团的酯，如丙二酸酯、酮酸酯、氨基酸酯及 α-羟基酸酯等。

$$NCCH_2COOR + C_2H_5OH \xrightarrow{HCl} H_2C\overset{\displaystyle COOR}{\underset{\displaystyle COOC_2H_5}{}}$$

若用芳香族腈来制备时，要考虑到芳环上其他取代基的空间位阻。

10.7.7　酰胺法

活性酰胺法与传统酯化法相比，具有活性高、副反应少的优点。如聚乙烯醇（PVA）的甘草次酸酯衍生物的合成：

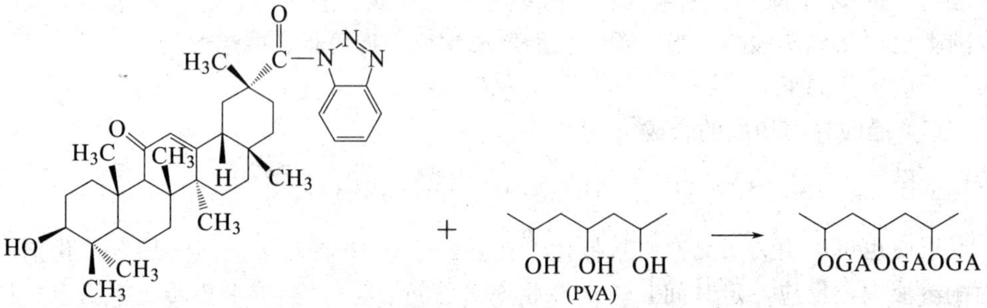

甘草次酰苯并三氮唑是一种活性酰胺，它可由甘草次酸（GA）和苯并三氮唑

在 DCC 存在下脱水缩合而得到。由此活性酰胺与 PVA 在 DMSO 溶液中于 50℃下搅拌反应 48h 可在 PVA 的羟基上引入较多的甘草次酸酯基。从结构看,甘草次酸基团非常庞大,空间效应较大,而 PVA 是聚合物,空间效应也较大,一般的酯化方法难以完成。若用酰氯法,可能会产生很多氯取代、加成等副反应,难以得到高质量的产品,而活性酰胺法就没有这些问题。但活性酰胺法的原料成本较高,这在实际应用时要引起注意,许多次要产物必须回收再利用才有可能生产化。

10.8　还原反应

在还原剂的作用下使有机物分子中增加氢原子或减少氧原子,或者两者兼而有之的反应称为还原反应。将硝基、亚硝基、羟氨基等含 C—N 键的化合物在还原剂作用下制得胺类的方法是还原反应中重要的一类。同时,不饱和烃的还原、芳烃的还原、羰基的还原、羧酸及其衍生物的还原在合成中也有很重要的作用。

还原反应根据所用还原剂及操作方法不同,基本上可分为三类。凡是使用化学物质包括元素、化合物等作还原剂所进行的还原反应称为化学还原反应。化学还原反应按机理分主要分为负氢离子转移还原反应和电子转移还原反应。另一种在催化剂存在下,借助于分子氢进行的还原反应称为催化氢化还原或催化加氢还原。还有一种利用微生物发酵或活性酶进行的还原反应称为生物还原反应,这里不作介绍。

10.8.1　化学还原反应

化学还原反应常用的还原剂有无机还原剂和有机还原剂,前者应用更广泛。

10.8.1.1　金属还原剂

金属还原剂包括活泼金属、它们的合金及其盐类。一般用于还原反应的活泼金属有碱金属、碱土金属以及铝、锡、铁等。合金包括钠汞齐、锌汞齐、铝汞齐、镁汞齐等。金属盐有硫酸亚铁、氯化亚锡等。

金属还原剂在不同的条件下可还原一系列物质,不同的金属还原的应用场合有所差别。金属还原剂在进行还原时均有电子得失的过程,且同时产生质子的转移。金属是电子的供给者,而质子供给者是水、醇、酸等化合物。其还原机理是电子-质子的转移过程。

反应实例如下。

(1) 二氟尼柳中间体　2,4-二氟苯胺的合成:

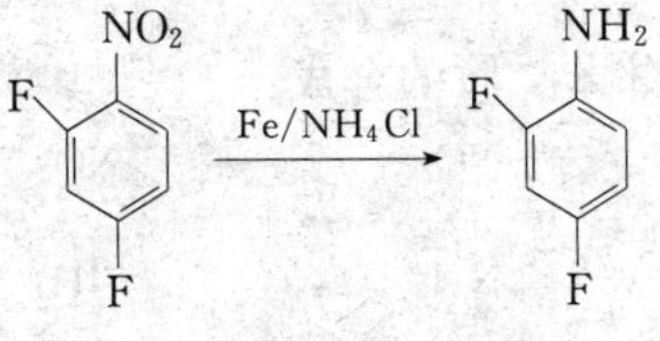

铁屑在酸性条件下为强还原剂,可将芳香族硝基、脂肪族硝基以及其他含氮氧功能团(亚硝基、羟氨基等)还原成氨基,将偶氮化合物还原成两个胺,将磺酰氯

还原成巯基。它是一种选择性还原剂，一般情况下对卤素、烯键、羰基无影响。

铁的杂质多些、微孔多些、表面积大些有利于反应的进行；还原的理论铁用量是 2.25mol，实际用量为 3~4mol。

电解质可提高溶液的导电能力，有利于铁的还原的进行。有人研究了各种电解质对硝基苯还原的作用，发现 NH_4Cl 和 $FeCl_2$ 是活性最好的两种电解质。但实际应用中还应考虑电解质溶液对原料等的溶解度以及官能团的影响等。增加电解质浓度可以加快还原速率，但有一极限。氯化亚铁由于在还原前可用盐酸加铁屑很方便地制备，且其活性较高而用得较多。

如上述反应，在体系中加入铁粉及浓度为 $0.7mol \cdot dm^{-3}$ 的氯化铵水溶液，然后搅拌下滴加原料 2,4-二氟硝基苯，加完后回流反应 2h，结束反应，用水蒸气蒸馏法分出产品，再纯化，收率达 84%。由于体系中铁粉很易沉积，且生成的三氧化二铁也易沉积，因此此还原过程中搅拌要非常充分才有好的反应结果。产物胺的分离常采用水蒸气提馏法，但过程中会产生大量废水。还有，还原后产生的铁泥含有硝基、氨基化合物，要经过处理回收才可，经常将此加工成铁颜料回收。虽然此方法工艺简单，收率高，但三废量太大，应用受到限制。

（2）己雷锁辛中间体　2-庚醇的合成：

$$CH_3(CH_2)_4COCH_3 \xrightarrow{Na} CH_3(CH_2)_4\underset{\underset{OH}{|}}{C}HCH_3$$

金属钠在醇类、液氨或惰性溶剂（苯、甲苯、乙醚等）中都是强还原剂，可用于羟基、羰基、羧基、酯基、氰基以及苯环、杂环的还原。钠汞齐在水、醇中，无论在酸性还是碱性条件都是强还原剂，但由于毒性太大，现在用得较少。

芳香族化合物在液氨中用钠（锂或钾）还原，生成非共轭二烯的反应称为 Birch 反应。

上述反应过程是：在体系中加入乙醇、水和 2-庚酮，慢慢加入金属钠，加入速度控制反应温度不超过 30℃，当钠全部反应完后，水析分出油层，处理、纯化，得 75%收率的产品。钠最好是钠丝，表面积大，反应快。钠加入太快，会与水等起作用，影响收率。钠用量是原料的 2.8 倍(mol)，要过量些。反应终点比较好控制，只要钠固体消失即可。水析法是分离不溶于水或难溶于水的产品的一种常用方法，即加入大量水，使有机溶剂浓度很低，产品就与水分开。优点是比较方便，但致命的缺点是会产生大量的废水。

（3）阿司咪唑中间体　邻苯二胺的合成：

在酸性、中性、碱性条件下锌粉都具有还原性。随着反应介质的不同，还原的官能团和相应的产物也不尽相同。

在中性或微碱性条件下，锌粉可将硝基化合物还原成胺，机理与铁的还原机理类似。

硝基化合物在强碱性介质中用锌粉还原可制得氢化偶氮化合物，它们极易在酸中发生分子重排生成联苯胺系化合物。

锌还可将醛或酮还原成醇，可在酸性条件下还原醛基、酮基为甲基或亚甲基，也能还原 C—S 键等，还可将氰基还原成—CH_2NH_2；还可使 C—X 键发生还原裂解反应。

上述反应过程是：在反应瓶中加入邻硝基苯胺、20％的氢氧化钠、乙醇，加热搅拌至沸腾，然后分批加入锌粉，保证体系在微沸状态，加完后回流至体系无色。过滤，回收母液，加放少量保险粉，减压浓缩，冷却结晶，过滤得产品，收率约79％。必要时重结晶。这里加入乙醇是为了保证原料和产物充分溶解，使反应能充分进行。加锌粉时要注意分批少量加，否则易导致锌粉与其他物质如水反应，使用量增加；原料硝基化合物是有颜色的，产物无色，因此反应终点从体系的颜色变化可观察得到。锌粉用量理论上为邻硝基苯胺的 3 倍(mol)，但实际上要用到 4 倍(mol) 左右。过滤分离残渣时要注意固体残渣往往对原料和产品有大量的吸附，因此过滤时要用乙醇充分洗涤。由于氨基容易氧化变色，特别是二胺，因此在后处理时常加还原剂保护，常用的就是保险粉。为提高质量，有时在纯化过程中加活性炭脱色。

（4）氨甲苯酸中间体　对氨基苯甲酸的合成：

$$O_2N-\text{C}_6\text{H}_4-COOH \xrightarrow{\text{Sn/HCl}} H_2N-\text{C}_6\text{H}_4-COOH$$

在体系中加入对硝基苯甲酸、锡粉、浓盐酸，慢慢加热使反应发生，直至体系中大部分锡粉反应完成，体系成透明液。然后后处理得产品，约75％收率。注意加入的锡量应为硝基物的 3 倍(mol) 多，才可使还原充分进行。同样，反应原料硝基物有颜色而产品没有，可从颜色变化控制终点。温度不能过高，否则锡易产生其他反应，消耗大。反应留下部分锡可过滤回收。被氧化的锡用碱中和水解后可生成水合氧化锡，过滤回收。同样要注意从固体中洗涤回收产品，否则产品损失太大。

锡及其化合物价格较高，使用时要注意成本。

10.8.1.2　含硫化合物还原剂

含硫化合物大多是温和的还原剂，包括硫化物如硫化钠、硫氢化钠和多硫化钠，还有铵类硫化物、硫化铁等，以及含氧硫化物如亚硫酸钠、二氧化硫、连二硫酸钠等，主要用于将含氮氧的官能团还原为氨基，常在碱性条件下应用。

（1）甲苯达唑中间体　对氨基二苯酮的合成：

$$O_2N-\text{C}_6\text{H}_4-\overset{O}{\underset{\|}{C}}-\text{C}_6\text{H}_5 \xrightarrow{\text{Na}_2\text{S}} H_2N-\text{C}_6\text{H}_4-\overset{O}{\underset{\|}{C}}-\text{C}_6\text{H}_5$$

　　用乙醇作溶剂，加入对硝基二苯酮，在回流条件下滴加硫化钠水溶液，加完后继续回流至反应结束，然后分离产品，收率约 90%。硫化钠要过量些。酮不会被还原。

　　注意，用硫化钠还原时，体系的碱性会越来越强。为保证还原过程中体系碱性不变，可用二硫化钠作还原剂。二硫化钠溶液可方便地将 1mol 硫黄溶解在 1mol 硫化钠溶液中得到。多硫化钠都不会使还原过程中碱性增加，但硫黄多会导致后处理困难，因为析出的硫黄非常难过滤除去。

　　(2) 安替比林中间体　苯肼的合成：

$$Ar^+\,N_2HSO_4^- \xrightarrow[-H_2SO_4]{+2NaHSO_3} Ar-N-NH \xrightarrow[+2H_2O,\,-2NaHSO_4]{H^+} ArNHNH_2$$

（中间体带 SO_3Na　SO_3Na 取代基）

　　亚硫酸盐可将硝基、亚硝基、羟氨基、偶氮基还原成氨基，将重氮盐还原成肼。还原历程是对上述不饱和键进行加成，生成加成还原产物 N-磺酸氨基后经酸水解得产物。这是经典的也是最常用的工业上制备肼的方法。

　　在水中加入亚硫酸氢钠和氢氧化钠，加热到 80℃，控制 pH 6.2～6.7，将制备好的重氮盐溶液慢慢加入，然后保温反应至完全，加入少量锌粉使重氮基还原完全，过滤得加成物溶液；然后于 70℃ 下在滤液中加入盐酸，保持酸性，升温到 85～90℃ 搅拌反应完成，冷却到 15℃ 过滤得苯肼盐酸盐产品。中和可得游离苯肼。收率可达 83% 以上。

　　(3) 莫雷西嗪中间体　间硝基苯胺的合成：

$$O_2N-\text{（苯环）}-NO_2 \xrightarrow{(Na_2S)_x} O_2N-\text{（苯环）}-NH_2$$

　　在水中加入间硝基苯，搅拌下加热到沸腾。另一反应锅中加入结晶硫化钠及 2 倍(mol) 的粉状硫黄，加热生成透明多硫化钠溶液。将稍过量的多硫化钠溶液在沸腾条件下滴加到间硝基苯溶液中，然后保温反应至完成。分离得约 58% 的产品。要注意，多硫化钠常是现场配制的。硫黄摩尔数太高，反应中有硫黄析出，对后处理会造成一定困难。多硫化钠稍过量即可，若过量太多，有可能还原另一硝基，降低收率。

　　(4) 二氢香芹醇的合成

　　连二亚硫酸钠俗称保险粉，是一种强还原剂，一般在碱性介质中使用。它很易将偶氮基还原为胺类化合物，1mol 偶氮化合物约需 2.2mol 的连二亚硫酸钠。也可将硝基、亚硝基、肟等还原为氨基，将醌还原为酚，将酮还原为醇。

如在反应瓶中加入水、碳酸氢钠、相转移催化剂及少量有机溶剂，然后在50～70℃下加入（－)-香芹酮，进而在回流温度下分批加入保险粉，反应能很快完成。实验表明，pH控制在7.2～7.6效果较好，保险粉用量为原料摩尔量的5.5～6.5倍，反应3h左右效果较好。在体系中加入一些极性有机溶剂如醇，再加入一些相转移催化剂聚乙二醇，最高收率可达70%左右。

但此法因连二亚硫酸钠价格较贵，且不稳定，用得较少。

10.8.1.3 金属氢化物还原剂

本类还原剂主要是以钠、钾、锂离子和硼、铝等复氢负离子形成的复盐。常用者有氢化铝锂（$LiAlH_4$）、氢化硼锂（$LiBH_4$）、氢化硼钾（KBH_4）及其有关衍生物，如三仲丁基氢化硼锂 $\{[CH_3CH_2CH(CH_3)—]_3BHLi\}$ 和硫代氢化硼钠（$NaBH_2S_3$）等。

金属氢化物均为亲核试剂，在反应时进攻极性的不饱和键（羰基、氰基等），氢负离子转移到带正电的碳原子上。它们主要用于还原含极性的不饱和键（羰基、氰基等）的物质，如醛、酮、酰卤、环氧化合物、酯、酸、酰胺、腈、肟、硝基等，也可进行脱卤还原。反应实例如下。

（1）催醒宁中间体 1,3,3-三甲基-5-羟基吲哚满盐酸盐的合成：

反应中四氢铝锂中的氢负离子进攻带正电荷的羰基碳进行还原反应。氢化铝锂还原能力强，选择性差且反应条件要求高，主要用于羧酸及其衍生物的还原。常用的溶剂是无水 THF 和无水乙醚。而氢硼化物由于选择性好，且操作简便，可还原酮基成醇而不影响分子中存在的硝基、氰基、亚氨基、双键、卤素等，在药物合成中应用很广。

具体操作如下：

以无水 THF 为溶剂，然后加入一定量四氢铝锂，搅拌下滴加1,3,3-三甲基-5-羟基吲哚满酮-2溶于 THF 的溶液，回流反应 2h。反应结束后蒸馏回收 THF。然后在冰水浴中加入乙醚，慢慢滴加饱和硫酸钠水溶液使四氢铝锂完全分解，再进行产品的后处理，收率61%左右。这里四氢铝锂理论量是原料的1倍(mol)，投料量要过量，可加1.5倍(mol)。反应结束后一定要将四氢铝锂完全分解，不然在后处理过程中会带来不安全因素。在分解过程中会产生大量氢气，要注意操作安全，慢慢滴加。也可以用水、醇、氯化铵溶液等进行分解。

（2）瑞舒伐他汀中间体 3-羟基戊二酸二乙酯的合成：

$$C_2H_5OOCCH_2COCH_2COOC_2H_5 \xrightarrow{NaBH_4} C_2H_5OOCCH_2CH(OH)CH_2COOC_2H_5$$

机理同上。硼氢化钾、硼氢化钠还原能力较弱，可作为选择性还原剂，而且操作简便、安全，已成为本类最常用的还原剂。在羰基化合物的还原中，分子中的硝基、氰基、亚氨基、双键、卤素等可不受影响。硼氢化钾、硼氢化钠比较稳定，可在水、醇类溶剂中进行还原。但硼氢化钠易吸潮，因此硼氢化钾用得更多。

具体操作为：将原料丙酮二羧酸二乙酯加入到无水乙醇溶剂中，然后在 0～5℃分批加入硼氢化钠，保温使反应完成。再冷却后加稀盐酸使硼氢化钠分解完。经后处理，得产品约 85％的收率。硼氢化钠可选择性地还原酮基而不还原酯基。未反应完的硼氢化钠可用酸进行分解。硼氢化钠的用量视具体情况而定，对容易还原的如本产品稍过量即可。理论量是 0.5mol，过量 5％即可。加入活泼的硼氢化钠时要分批加入，以保证反应温和进行，这样原料分解少。

10.8.1.4 肼还原剂

肼是还原剂，常用的是水合肼。其特点是在还原反应中自身被氧化成氮气，污染少，这是它主要的特点。且由于水合肼是碱性，还原反应一般在碱性条件下进行，因此可用于还原那些酸性条件下不稳定而碱性条件下稳定的物质。反应过程中常用到催化剂，常用的有三氯化铁、硫酸钴、镍、铜、钯等，一般是担载在活性炭或硅胶或硅藻土上使用。

反应实例如下。

（1）对氨基乙酰苯胺的合成

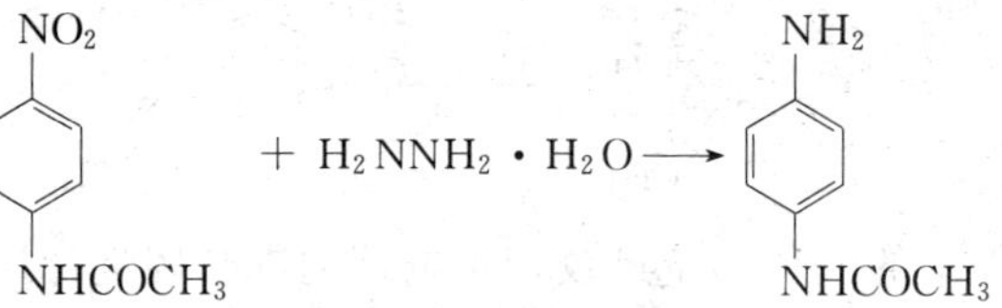

以醇如甲醇或乙醇为介质，硝基化合物在催化剂存在下用水合肼常压加热即可还原为胺，对硝基化合物中的羰基、氰基、非活化 C—C 双键均无影响，有较好的选择性。

上述反应以异丙醇为溶剂，一次性加入溶剂、催化剂、硝化物和水合肼，再升温至 80℃，反应 3～5h，反应可完成，收率达 95％以上。一次性加入水合肼时，水合肼耗量是硝基物的 1.6 倍(mol) 以上；若采用液下滴加工艺，可降低至 1.4 倍(mol) 以下，这主要是因为水合肼是易分解物质，在体系中浓度过高易分解导致损失增加。催化剂可用 Pt/C、$FeCl_3$/C 等，但效果有所差别。用三氯化铁作催化剂时要注意易在产物中带入颜色，若产品对色泽要求较严时，要注意使用。碱性太强，或水合肼分解太多，加入量不足，均可能导致一些还原的中间副产物存在，如羟胺、亚硝基化合物、偶氮苯类化合物等。

（2）间硝基苯胺和间二苯胺的合成

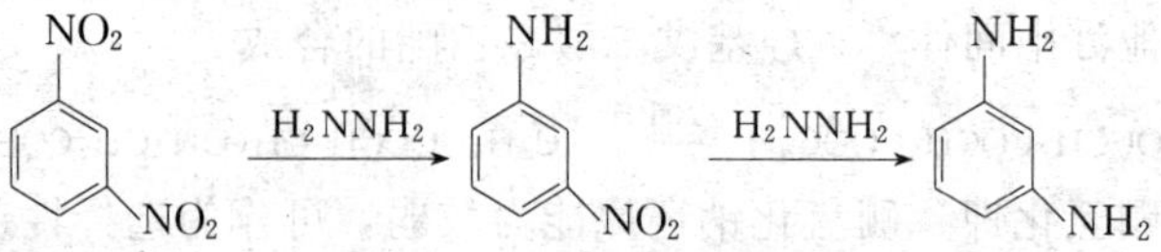

水合肼还原时，芳环上给电子取代基团的存在不利于还原的进行，因此在还原二硝基化合物时可利用不同温度选择性地还原。

如对上述间二硝基苯用硒或三氯化铁作催化剂时，以甲醇或乙醇作溶剂，在70℃左右反应，控制合适水合肼用量［为间二硝基苯的1.5倍(mol)左右］，间硝基苯胺的收率可达98％。但若水合肼量过多，或温度过高，间二苯胺的含量就会增加。加少量NaOH对反应有促进作用，但若碱性太强，易生成3,3′-二硝基偶氮苯副产物。若将水合肼加入量增加到间二硝基苯的2.5倍(mol)，同时温度升高到100℃左右，就可将间硝基苯胺还原成间二苯胺。溶剂中水分对反应也有一定影响，过多对原料、产物溶解不好，对反应有一定影响，过少对反应也不利。

(3) 2-羟基-5-叔丁基苯胺的合成

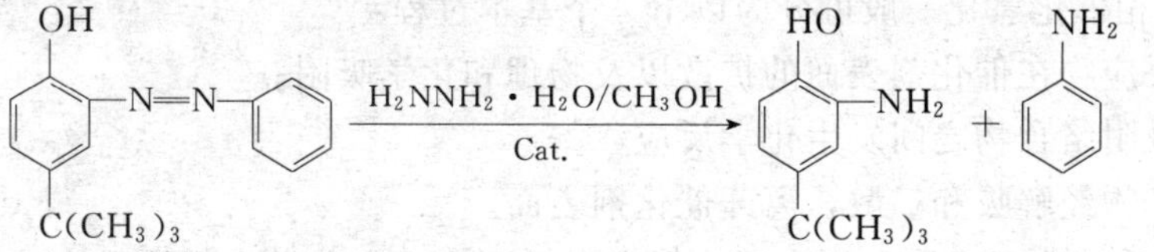

水合肼还可用于还原重氮键，生成两个不同的胺。操作要求基本同上。但在分离过程中要注意两个胺产品的相互干扰。

上述操作可在偶氮化合物的甲醇溶液中加入少量氢氧化钠后，在回流条件下滴加水合肼进行还原。当溶液中没有偶氮化合物（原料有颜色，褪色后即表明被还原完全）后，再保温1～2h使反应完全，进行分离，收率可达93％以上。损失主要是在分离过程中造成。催化剂可用钴盐、铁盐等。水合肼采用液下滴加的方法，其用量可控制在理论量的1.3～1.4倍(mol)左右。

(4) 对溴正戊苯的合成

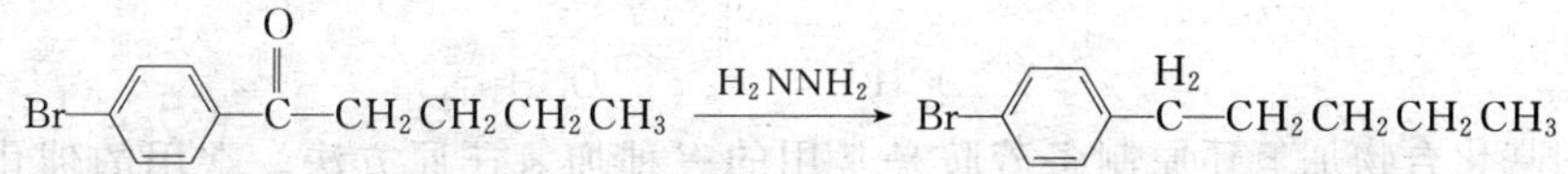

水合肼还用于在碱性条件下还原醛或酮的羰基为甲基或次甲基，此反应又称Wolff-Kishner-黄鸣龙还原反应。将50mL乙二醇和0.08mol KOH加入到三颈烧瓶中，待加热溶解后加入0.40mol对溴苯戊酮和0.44mol水合肼，于140～150℃反应1.5h，然后分水，使温度升至180～190℃，维持该温度3h。待物料温度降至40℃以下后加水洗涤，分相。取油相减压精馏，得对溴正戊苯，产率约70％。反应温度过高、反应时间过长都会导致收率很快下降。这是由于苯环上的溴在碱性条件下，于高温条件下会被羟基取代，也会作为烷基化剂进攻原料与产物等形成各种副产物。因此，本反应中一个重要的措施是要尽可能快地移出产品才可能得到高的收率。

现在因环保要求越来越严，水合肼因其无污染而用得越来越多，但价格较贵，成本上要进行核算。

10.8.2 催化氢化

利用氢气还原有几个优点：污染少，生成的副产物是水；选择性好，可用不同的催化剂和不同的反应条件得到不同程度的还原产品；易自动化控制。因此其发展很快，但要用到催化剂，因此也称催化氢化。对催化剂及设备要求均较高。

催化氢化按反应机理和作用方式可分为三种类型，即非均相催化氢化、均相催化氢化以及氢源为其他有机分子的催化转移氢化。按反应物分子在还原反应中的变化情况，可分为氢化和氢解。氢化是指氢分子加成到烯键、炔键、羰基、氰基、硝基等不饱和基团上使之生成饱和键的反应；而氢解则是指分子中的某些化学键因加氢而断裂，分解成两部分的反应。

10.8.2.1 非均相催化氢化

非均相催化氢化一般可分为以下三个基本过程：

① 反应物在催化剂表面的扩散以及物理和化学吸附；

② 吸附络合物之间发生化学反应；

③ 产物经解吸和扩散，离开催化剂表面。

一般反应速率由第一步决定，但有时后两步也有非常重要的影响。

常用的催化氢化催化剂是过渡金属及其氧化物、硫化物或甲酸盐等。不同催化剂的催化效果是不一样的。金属吸附催化的作用机理是：当金属原子有未被电子所填满的空轨道时，可接受被吸附物的电子形成共价键化学吸附使被吸附分子活化。过渡金属因其电子层中有未填满的 d 轨道，因此可接受被吸附物的电子而形成化学吸附起催化作用。

(1) 间硝基苯甲醚加氢还原制间氨基苯甲醚

硝基化合物加氢还原制备芳胺是常用的一种加氢还原方法。常用的催化剂有Raney 镍、铂/碳（Pt/C）和钯/碳（Pd/C）催化剂。Raney 镍，又称骨架镍，或阮内镍，是最常用的催化氢化催化剂。新制备的灰黑色的骨架镍比较活泼，在干燥时暴露于空气中会自燃，因此保存时要用乙醇或蒸馏水保护。它是常用的液相加氢催化剂。它对硫化物很敏感，可造成永久中毒。

Pt/C 负载催化剂也是常用的加氢还原催化剂，含铂量不一样或加入其他助剂，可以使它的催化性能改变。常见的有质量分数为 5%、10% 等。

常用的溶剂为甲醇、乙醇或与水的混合物等。

如上述反应，以甲醇为溶剂，以 10%（质量分数）Pd/C 为催化剂，反应温度为 80℃，压力为 2.0MPa，反应 8h，收率可达 93% 以上。溶剂甲醇可套用。在每次反应后补加 20%（质量分数）新鲜催化剂的条件下，催化剂可循环 5 次以上。旧催化剂可再生使用。

催化氢化的反应速度、选择性主要决定于催化剂的类型。Raney 镍催化剂活性比 Pd/C 催化剂低些，但选择性好些。用 Pd/C 催化剂时，温度高或氢压高，均有可能导致芳环的氢化副反应。氢压为 2.0MPa 以下一般称为低压反应，设备要求不高。压力要尽可能低，此时催化剂活性要高些。由于这些催化剂易受某些含硫、磷、砷等物质的影响而造成中毒、失活，因此原料对这些杂质必须严格控制。

类似的，加氢还原还可还原叠氮化合物、偶氮化合物、腈等到胺。

另外，加氢还原操作一般要分别用 N_2、H_2 置换釜内气体三次，再通入 H_2 使压力达到一定值，然后升温反应。气体置换的目的是使釜内空气被置换干净，以免出现安全事故。另外，反应后放空也一定要注意先降低温度，安全泄压后才进行后处理。必要时可用 N_2 置换氢气以确保安全。

（2）三氟乙醇的合成

$$(CF_3CO)_2O \xrightarrow{H_2} CF_3CH_2OH$$

催化加氢可用于将酯基、羧基等还原为醇。如上述反应，用 5% Rh/C 为催化剂，在氢气压力为 0.5～1.5MPa 时于 50～150℃ 反应 2～6h，可得 75% 的收率。以铑、钌、铱等为催化剂，以三氟乙酸为原料，收率可达到 99%。

（3）苯甲醛的合成

使用 40%（质量分数）$CeO_2/\gamma\text{-}Al_2O_3$ 为催化剂，反应温度 390℃，氢与酸物质的量（mol）之比为 65:1，气体空速为 690h^{-1} 时，对苯甲酸的转化率达 98.4%，苯甲醛的选择性达 93.7%，收率为 92.2%。反应生成的主要副反应物是苯甲醇、甲苯，也有一些苯副产物。一般来说，将羧酸还原到醛这一步比较难，条件比较苛刻，但若能成功，一般在成本上有较大优势。

（4）5-[(4-羟基苯基)甲基]-2,4-噻唑烷二酮的合成

向 250mL 加氢釜内投入 5.0g（0.0227mol）5-[(4-羟基苯基)亚甲基]-2,4-噻唑烷二酮、3.5g 10% 的 Pt/C、二氧六环 120mL，分别用 N_2、H_2 置换釜内气体三次，通入 H_2 使压力升至 0.2MPa，升温到 60℃，反应 6h，然后进行后处理，得收率约 83% 左右。

从反应条件也可看出，烯烃的加氢还原是比较容易的，一般的 Pd/C 催化剂和 Raney 镍催化剂都能满足要求。但要注意还原条件对其他基团的影响。如本工艺中原料和产物中能被还原的结构比较多，如酰胺基、芳环、噻唑环等，若条件控制不

适当，对收率会有较大影响。

（5）辛二胺的合成

$$NC-(CH_2)_6-CN \longrightarrow H_2N-(CH_2)_8-NH_2$$

以乙醇为溶剂，在其中加入辛二腈和催化剂 Raney 镍，然后升温到 $60\sim90℃$，通入氢气至 $0.1\sim5MPa$，保温 $1\sim2h$ 使反应完成。经后处理收率可达 96% 以上。

此反应比较容易进行，催化剂用量、氢压等对反应影响不是很大，重要的是反应温度的影响。若催化剂是自制的，要注意制备条件会有较大的影响，因为不同的制备条件对催化剂的活性影响很大。此外，溶剂醇是必要的，它可起到溶解氢和传递氢的作用。此外，在其中加入一些碱如氢氧化钠，会大大促进反应。但碱不能加入太多，否则会有副反应发生。

（6）环己酸的合成

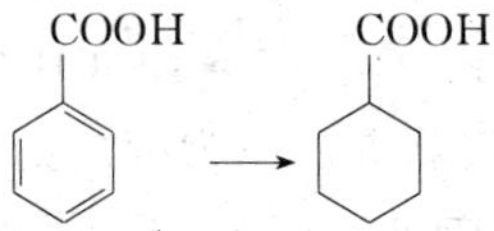

芳烃为比较难还原的物质，若有取代基如羟基等则较易还原。以 $5\%Pd/C$ 为催化剂、醇为溶剂，在 $145\sim160℃$、$4MPa$ 左右氢压下反应，上述反应收率约为 95%。用 Raney 镍芳环基本上不被还原。

10.8.2.2　均相催化氢化

均相催化氢化是指催化剂可溶于反应介质的催化氢化反应。主要是有机金属络合型催化剂，其是近年来发展起来的新型催化剂，具有反应活性大、条件温和、选择性好、不易中毒等优点，尤其适用于不对称合成，应用广泛。但催化剂价格高，回收比较困难。现在有人希望将此类担载到高聚物上以解决催化剂流失问题。这类催化剂主要是铑、钌、铱的三苯膦络合物等，如氯化三苯膦络铑 $(Ph_3P)_3RhCl$，磷可以和这些金属形成牢固的配位键。

均相催化氢化对羰基、氰基、硝基、卤素、重氮基、酯基等不加氢，也不氢解碳-硫键等，选择性好。由于是顺式加成，因此能催化不对称加成。

改变配合物有机膦的结构，可得到一些有高光学活性的催化剂。

反应实例如丁二酸酐的合成：

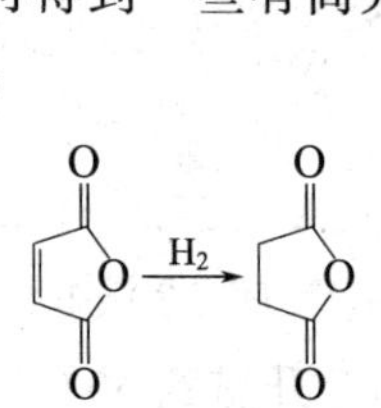

在以乙二醇二甲醚为溶剂，三苯基膦络钯为催化剂时，于 $100℃$ 反应 2h，氢压为 $2.5MPa$，催化剂用量为 $1.25\times10^{-3}mol\cdot L^{-1}$ 时，转化率可接近 100%。反应过程中，催化剂的用量比较重要，若催化剂与原料比下降，转化率会下降，但单位催化剂的转化数会增加；催化剂量增加，反应速度加快，但络合钯易变成钯黑析

出，使转化数下降；反应时间延长，转化率会增长，但转化数下降很快；而高温高压有利于反应的快速进行。但高温高压会带来设备压力的增加和副产物的增加。在上述条件下，基本上可以做到没有副反应。而用多相催化剂催化，就会有较多的 γ-丁内酯等深度还原产物生成。

10.8.2.3 催化转移氢化

该类反应是指在催化剂存在下，氢源是有机物分子而非气态氢进行的还原反应。一般常用的氢源是氢化芳烃、不饱和萜类及醇类，如环己烯、环己二烯、四氢萘、α-蒎烯、乙醇、异丙醇、环己醇、甲醇铵等。这类反应主要用于还原不饱和键、硝基、氰基。反应实例如下。

（1）二氢诺卜醇的合成

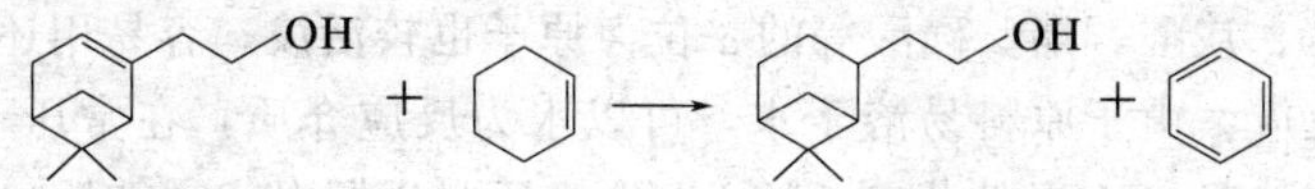

以环己烯为氢源，用 5% Pd/C 作催化剂，在甲苯溶液中回流反应 48h，可得收率为 86% 的产品。

（2）间氨基苯乙酮的合成

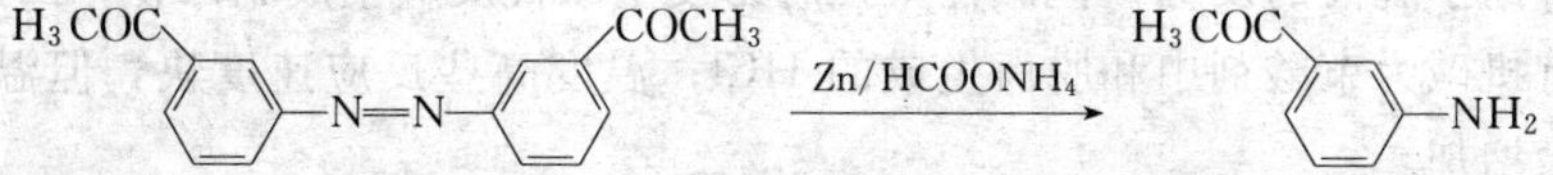

以甲醇为溶剂，加入原料偶氮化合物和质量比为 50% 的锌粉，然后在氮气保护下边搅拌边加入为原料摩尔数约 4.2 倍的甲酸铵，室温搅拌 10min 即可完成反应。经后处理，收率可达 90% 以上。用 Pd/C 催化剂也可以，但收率较低，结构上若有卤素也易脱除。

这类反应由于不需要加氢设备，操作简便、使用安全，因而在应用上得到快速发展。溶剂除用甲苯外，还可以用醇等。催化剂与常用的加氢还原催化剂类似。

10.8.2.4 氢解

氢解反应是指在催化剂存在下，使碳-杂键断裂，由氢取代离去的有机分子中某些不需要的原子或基团（脱卤、脱硫等）、脱除保护基（苄基、苄氧羰基等）的反应。氢解通常在比较温和的条件下进行，在药物合成中应用广泛。

连在氮、氧原子上的苄基，在 Raney Ni 或 Pd/C 催化剂催化下，与氢反应，可脱去苄基。反应实例如下。

（1）N-乙酰胞壁酸的合成

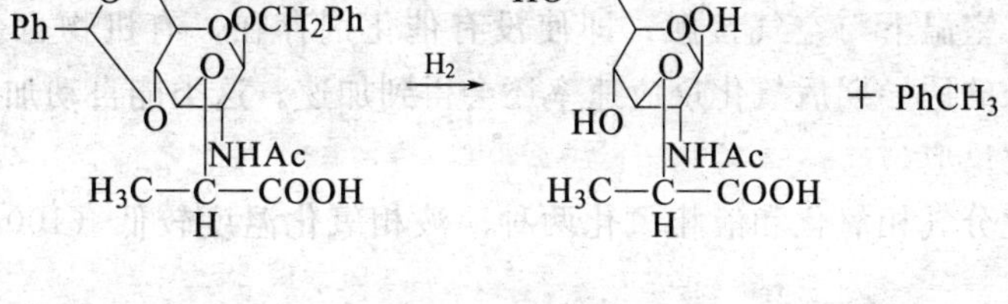

反应以 Pd(OH)$_2$/C 催化剂催化时，以乙酸为溶剂，在 45～55℃、常压下就能顺利脱去苄基，收率可达 90% 以上。

在反应过程中要注意催化剂的用量要合适。用四氢呋喃、乙醇等溶剂也比较常见。

（2）咪唑并 [1,2-b] 哒嗪的合成

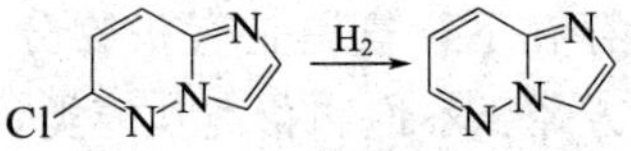

除了叔碳上的氯和溴外，其他脂肪族饱和化合物上的氯、溴对铂、钯催化剂是稳定的，碘最容易发生氢解。若卤素受到邻近不饱和键或基团的活化，或卤素与芳环、杂环相连，则容易发生氢解。烃基相同时，氢解活性 C—I＞C—Br＞C—Cl。酮、腈、硝基、羧酸、酯、磺酸等的 α-位卤原子也较活泼，容易用还原剂脱除。

如上述反应，由于原料易溶于水，可以水为反应介质，在常压下 30～45℃ 通入氢气就可很快吸氢，当催化剂 5% Pd/C 为原料重量的 20% 时，100min 即可反应完全，收率可达 97% 以上。催化剂用量过少，反应太慢，但过多，对反应没有促进作用；由于是多相反应，搅拌效果非常重要，要保证体系充分混合才有好的效果；碱有助于脱卤的反应，但碱性太强时易发生取代反应生成副产物，因此常用三乙胺等有机碱为束酸剂中和脱卤生成的 HCl；温度高些反应速度快，但温度太高，副产物会增加。

（3）4-羟基-5-氟嘧啶的合成

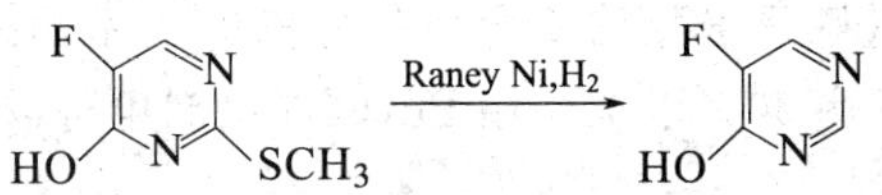

硫醇、硫醚、二硫化物、亚砜、砜、磺酸衍生物以及含硫杂环等含硫化合物，可发生氢解，使碳-硫键、硫-硫键断裂。Raney 镍是最常用的催化剂，Pd/C 催化剂也有使用。上述反应可在很温和的条件下进行，且有较高的收率，可达 80% 以上。注意氟也有可能被氢解，但 F 与其他卤素相比被氢解的活性较低，因此本反应有较高的收率。但要控制温度、催化剂性能。

10.9　氧化反应

10.9.1　氧及臭氧氧化

10.9.1.1　氧气（空气）

有机物在室温下与空气接触，即使没有催化剂存在，有机物也会慢慢发生氧化，经过较长的诱导期后氧化反应速率还会得到加速。这类能自动加速的氧化反应称为自动氧化反应。

空气氧化分气相氧化和液相氧化两种。液相氧化温度较低（100～200℃），反

应压力也不高，它的条件比气相氧化温和，选择性也较高，应用较多；相比化学氧化法来说在成本上有明显的优势。

液相空气氧化是按自由基连锁反应历程进行的。在液相空气氧化开始阶段，氧的吸收不明显，这一时期称为诱导期，一般为数小时或更长的时间。在此阶段，反应体系必须积累足够数量的自由基才能引发连锁反应。过了诱导期后氧化反应会很快加速到最大速率。为缩短或消除氧化反应的诱导期，可以添加少量能分解为自由基的引发剂。生产上常用催化剂如铜、钴、锰、银等及其盐类以加速链引发过程。

另外金属盐也可促进氢过氧化物的分解，加速分支氧化反应的进行。

对诱导期特别长的氧化反应，除了过渡金属催化剂外还要加少量促进剂，如三聚乙醛、乙醛以及一些溴化物等。其目的也是为了促进自由基的生成。

反应实例如下。

(1) 苯甲酸的生产

$$\text{—CH}_3 + \text{O}_2 \xrightarrow{\text{Co(Ac)}_2} \text{—COOH}$$

用乙酸钴作为催化剂，其用量约为 $100\sim150\text{mg/L}$，反应温度 $150\sim170℃$，压力 1MPa。收率可达 $97\%\sim98\%$。过量甲苯本身作为溶剂。

也可用环烷酸钴、环烷酸镍、环烷酸锰等作为催化剂。由于反应是气液两相反应，搅拌等传质因素对反应影响也较大。反应过程中有多个中间体存在，如苯甲醇、苯甲醛、苯甲酸苄酯等。中间产品比较难得到，但可通过控制反应条件达到一定的选择性。如控制空气通入量、缩短反应时间、控制催化剂浓度、改变溶剂性质等都有可能提高苯甲醛的选择性，但很难做到像苯甲酸这样的高收率。

(2) 对硝基苯甲酸的合成

$$\underset{\text{NO}_2}{\overset{\text{CH}_3}{\bigcirc}} \xrightarrow{\text{O}_2} \underset{\text{NO}_2}{\overset{\text{COOH}}{\bigcirc}}$$

在反应釜中加入原料对硝基甲苯，催化剂钴盐、锰盐、溴化物，混合溶剂邻二氯苯、丙酸，在搅拌作用下加热至 $70\sim75℃$ 溶解。然后通入压缩空气，使反应器内压力保持在 2.0MPa，在 $130℃$ 反应 30min 后进行后处理，收率可达 90% 以上。

由于原料和产品的溶解性好坏对反应有直接影响，因此溶剂的性质对反应有较大影响，有时就采用混合溶剂，但要注意这会在生产上带来溶剂回收的麻烦。温度过低反应慢，过高易产生各种副产物，有可能发生开环等副反应；浓度过低、过高都对反应不利，一般有一合适的浓度，这是由自由基反应机理决定的。

（3）对甲苯腈的合成

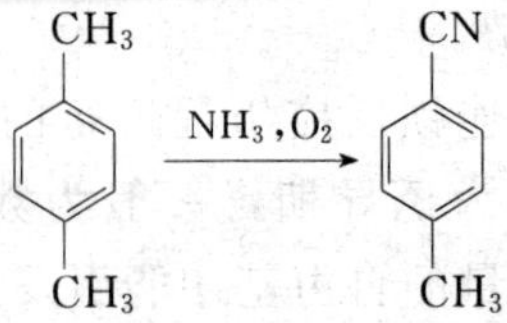

在氧气或空气氧化烃类时，在氨存在下，会发生氨氧化。氨氧化是腈类化合物的重要制备方法，是使有机物分子中的活化甲基与氨经催化氧化一步生成氰基的过程，常用催化剂是五氧化二钒、三氧化钼、三氧化二铋、五氧化二磷等。

在氨氧化的同时往往有其他副反应发生，包括：①生成氰化物，如氢氰酸；②生成有机含氧化合物；③生成深度氧化产物如二氧化碳。

当氨与对二甲苯的摩尔比为9，空气与二甲苯的比例为20，使用五组分的钒系催化剂时，在一定的管道反应器中于较优空速条件下在 $420\sim440℃$ 可得约 83% 收率的产品，此时二甲苯转化率为 84% 左右，对甲苯腈选择性大于 98%。温度过低，转化率不高；温度过高时易发生深度氧化生成对苯二腈及二氧化碳等使收率下降；空气量少催化剂易被还原导致失活，空气量多易产生深度氧化产物；氨量增多时易生成苯二腈；空速增大、反应时间短，转化率低，空速减小、反应时间延长，深度氧化产物增加。

10.9.1.2 臭氧

臭氧（ O_3 ）的氧化能力比氧略强，主要用于烯烃的氧化，生成羧酸、醛或酮。

有机物分子中含有羟基、氨基、醛基等基团时，在氧化前应当进行适当的保护。臭氧化物水解时生成过氧化氢，仍具有氧化作用，应加入一些还原性物质将其分解，如锌、亚硫酸钠、三苯基膦、亚磷酸三甲基、二甲硫醚等，也可在钯存在下催化氢化除去过氧化氢。

若分子中有两个或两个以上双键，则双键上电子云的密度高、空间位阻小的双键优先被氧化，如：

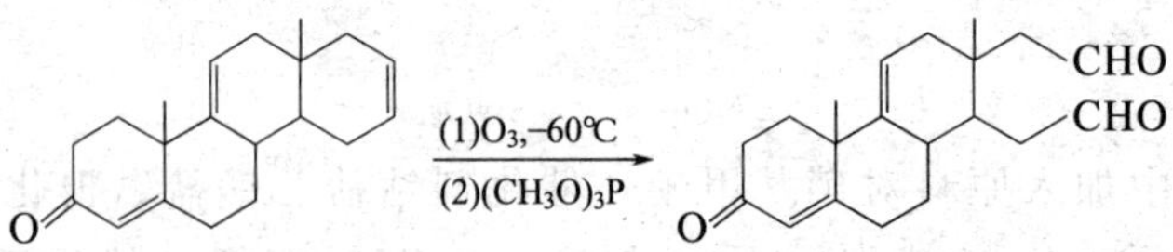

第一步：原料在 $-60℃$ 与臭氧反应生成臭氧络合物，第二步：用亚磷酸三甲酯分解络合物可得二醛化合物，收率约 80%。若用其他物质分解臭氧络合物，就可能得到不同的物质，如：

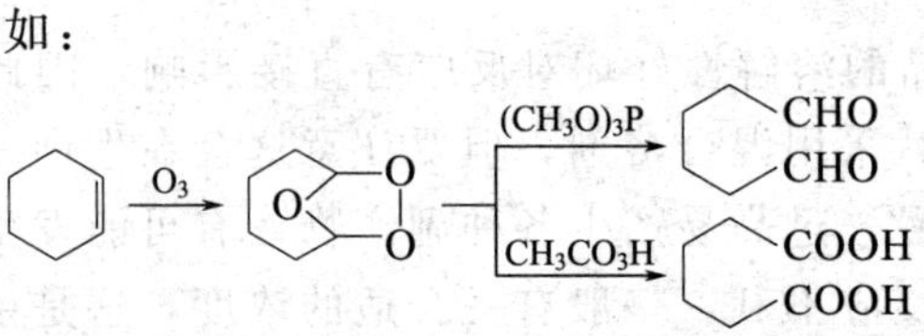

但臭氧氧化在合成中用得不是很多，更多的是用于污水中有机物的降解和处

理，常用过渡金属氧化物作为催化剂，或用负载型的过渡金属或金属氧化物。这方面发展比较快。

10.9.2 过氧化物氧化剂

过氧化物中最常用的是过氧化氢，除此之外还包括有机过氧酸（简称过酸）如过氧乙酸及其酯过氧酸叔丁酯、烃基过氧化物如叔丁基过氧化氢等。

10.9.2.1 过氧化氢

过氧化氢是较温和的氧化剂，可在中性、碱性或酸性介质中用各种浓度进行氧化。在酸性介质中，过氧化氢常用有机酸作为反应介质，如乙酸、三氟乙酸，此时过氧化氢一般先与有机酸生成有机过氧酸，然后再进行反应。

反应过程中通常加入一些催化剂以促进反应。氧化反应温度一般不高，且反应后不残留杂质，产品纯度较高。目前在有机污水处理中过氧化氢的氧化方法用得越来越广泛。反应实例如下。

（1）甲烷磺酸的合成

$$CH_3SSCH_3 \xrightarrow{H_2O_2} CH_3SO_3H$$

在反应锅中加入一些甲烷磺酸、水和原料二甲基二硫，然后在 $75\sim80$℃下滴加 50% 过氧化氢，然后保温反应一段时间，最高收率可达 95% 以上。注意，这里加入的甲烷磺酸是作为催化剂和助溶剂用。由于过氧化氢很易分解，所以要进行滴加。市场上大部分过氧化氢的浓度为 30%，现在 50%、70% 都有供给。若体系中水分过多，原料在体系中分散不好，反应不好。若温度太高，易产生过度氧化，大量产生硫酸根离子。若过氧化氢不足，可能会存在很多氧化的过度中间体，而若太多，又会产生过度氧化，因此，过氧化氢的量要合适。同时要注意，反应后一定要将过氧化氢或其他过氧化物分解除去，否则易产生安全问题。

（2）环氧丙烷的合成

$$CH_3CH=CH_2 + H_2O_2 \longrightarrow H_3C-\overset{\overset{\textstyle H}{|}}{\underset{\underset{\textstyle O}{\diagup}}{C}}{-}CH_2$$

在 40℃，压力为 $2MPa$，丙烯与过氧化氢的摩尔比为 $1.2\sim1.3$ 时，过氧化氢的转化率可达 98%，环氧丙烷的选择性为 95%。副反应有过氧化氢的分解，环氧丙烷水解生成 1,2-丙二醇等。温度太高，副反应太多。

过氧化氢在碱性介质中生成共轭碱 HOO^-，作为亲核试剂进行氧化反应。α,β-不饱和羰基化合物可被过氧化氢氧化成环氧羰基化合物，如：

生成的环氧环处在位阻较小的一边。上述反应收率可达 92%。

（3）2-萘酚的合成

$$\text{（萘）} + H_2O_2 \longrightarrow \text{（2-萘酚）}$$

以 $\gamma\text{-}Al_2O_3$ 为载体的 Fe_2O_3 为催化剂，采用丙酮作溶剂，$n(H_2O_2)$：$n(C_{10}H_8)$ 为 $1:(5\sim7)$，$m(\text{催化剂}):m(C_{10}H_8)$ 为 $1:(5\sim6)$，在 $60\sim65℃$ 下反应 $7\sim8h$，可获得较好的收率，最高收率可达 36% 左右。当温度过高时，过氧化氢分解较多，收率下降，温度太低反应又不完全；过氧化氢用量太大时会进一步氧化生成其他物质也导致收率下降。产物中有少量 1-萘酚，还有一些过度氧化产物。因此控制好反应的程度是得到高收率的前提。注意，过氧化氢采用滴加的方法效率较高。

（4）10-羟基-10-甲基蒽酮的合成

$$\text{（10-甲基蒽酮）} \xrightarrow{H_2O_2} \text{（10-羟基-10-甲基蒽酮）}$$

在碱性条件下，以乙醇为溶剂，在回流条件下滴加 $30\% H_2O_2$，很快就可使反应完全。经后处理，收率可达 67%。因为苄基位的氢很活泼，易被夺取，所以可有较好的收率。此反应的副反应主要是结构中的酮也易被氧化成酯等，要严格控制温度、过氧化氢浓度等条件。

10.9.2.2 有机过氧酸、过氧酸酯、烃基过氧化物

有机过氧酸不稳定，一般应新鲜制备，在羧酸中加入过氧化氢即可制得。常用的有过氧甲酸、过氧乙酸、过氧三氟乙酸、过氧苯甲酸、间氯过氧苯甲酸等，其中只有间氯过氧苯甲酸可得稳定的晶体。其他过氧化物的应用不如有机过氧酸多，但它们的应用与机理与有机过氧酸有类似之处。反应实例如下。

（1）环氧环己烷的合成

$$\text{（环己烯）} \xrightarrow{CH_3COOH} \text{（环氧环己烷）}$$

过氧酸是重要的环氧化试剂，可与烯键发生反应生成环氧化合物。氧化机理是双键上的亲电加成，过氧酸从位阻较小的一边向双键进攻，环氧环位于位阻小的一边。

双键上的电子云密度高，容易发生环氧化，电子云密度低时，则应选用活性强的过氧酸。过氧酸的活性顺序如下：$CF_3COOOH > PhCOOOH > CH_3COOOH$。

过氧乙酸可以在乙酸或乙酐溶液中加少量酸催化剂如硫酸、磷酸与过氧化氢反应而成。一般乙酸要过量些。要得到高浓度的过氧酸，用乙酐较好，且最好使用高浓度的过氧化氢，如 70% 的产品。

以二氯甲烷为溶剂，加入原料环己烯，在 $25℃$ 左右搅拌下滴加自制的过氧乙酸溶液，同时以一定速度滴加 $20\% NaOH$ 溶液以控制体系的 pH 值。滴加完毕后

反应至完成，经后处理就可得到 80% 以上的收率。

　　注意，过氧酸易分解，加料时一定要滴加，否则易产生危险。另外，反应是放热反应，温度高也会产生危险，所以要控制好加料速度。由于过氧酸易分解，一般要过量 10%～20% 左右才有较好的结果，若操作不当可能还要多些才能使原料转化完全；pH 控制在 5.5～6 左右较好，因为 pH 过低，环氧键易水解生成邻二醇，过高则原料环己烯的溶解性会降低，也导致反应不利；温度低反应太慢，温度高副反应增加，都会使收率下降；由于过氧乙酸的分解和环氧键的分解作用，反应时间的控制也显得很重要，时间一长收率会很快下降，滴加速度太快过氧乙酸分解太多也不利；溶剂要有利于原料和产品的溶解使反应顺利进行，若太少对反应不利。

　　过氧酸氧化得到的环氧化合物水解可生成反式邻二醇，这是制备反式邻二醇的重要方法：

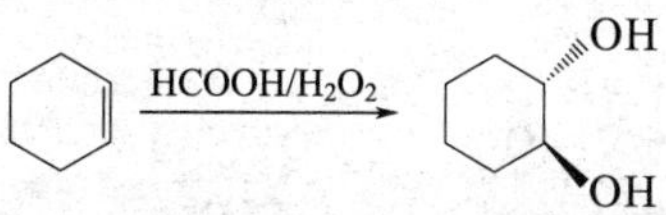

（2）硝基苯的合成

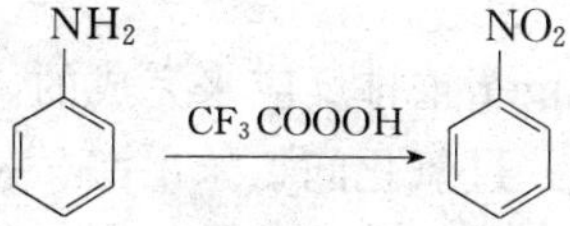

　　芳香胺用过氧酸氧化，控制过氧酸的用量以及反应条件，可制得亚硝基化合物、氧化偶氮苯、硝基化合物等，有时用此法制备难以制备的硝基化合物。

　　上述反应的操作如下：将 0.2mol 90% 过氧化氢悬浮在 100mL 二氯甲烷中，在冰浴冷却下加入 0.24mol 三氟乙酸酐。搅拌 5min 后撤除冷却浴。于 30min 内滴加含 0.05mol 苯胺的 20mL 二氯甲烷溶液。在加料时因反应放热而使溶液沸腾。加料完后加热回流 1h。用 2 份 100mL 水和 2 份 100mL 10% 碳酸钠洗涤，并经其他后处理，可得收率为 89% 的产品。可见，此种方法成本比较高。若过氧三氟乙酸的量不足，就可能得到不完全的氧化产物，如亚硝基化合物等，但这些物质的选择性较差。

（3）9,10-环氧-6,10-二甲基十一碳-3,5-二烯-2-酮的合成

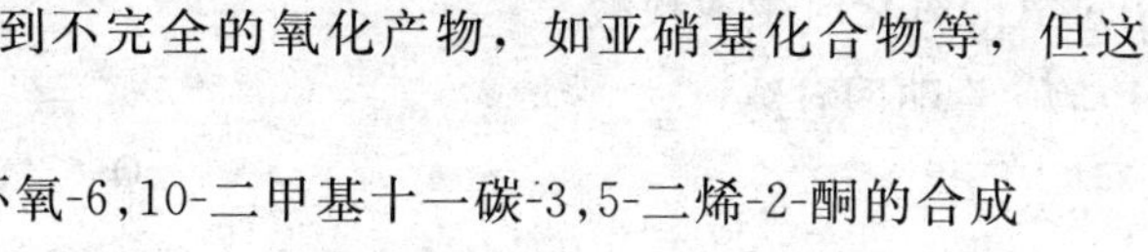

　　不饱和醛、酮在气相中的无催化环氧化反应是由过氧基进攻碳-碳双键引起的自由基亲电加成反应。在同一温度下，不同反应物中双键碳上取代基供电子性越强，即双键碳上电子云密度越大，反应速率越快；对同一反应物，反应温度越高，

反应速率越快。

上述反应的操作是：将 0.052mol 原料假紫罗兰酮溶于 135mL 二氯甲烷中，在 0℃，快速充分搅拌下，加入 0.062mol 间氯过氧苯甲酸（含量 85%），加完后在 0～5℃的温度范围内搅拌 3h。反应液用 5% 的 NaHCO₃ 溶液洗涤，并经适当后处理，可得 65% 收率的产品。

由于结构中双键较多，虽然 9,10 位双键由于电子效应选择性最高，但其他双键也有一定的反应活性，且此反应中还有一类非常重要的副反应，即发生 Baeyer-Villiger 重排反应生成酯：

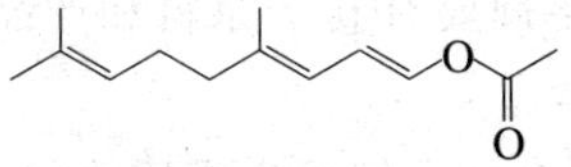

如何控制好条件以控制这些副反应是提高收率的前提。

（4）ε-环己内酯的合成

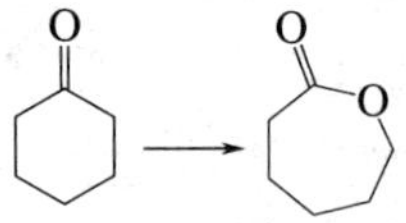

本反应是通过 Baeyer-Villiger 重排反应来完成的。可用来进行反应的过氧化酸有过氧乙酸、过氧化三氟乙酸、过氧化间氯苯甲酸、过氧化甲酸等有机酸。但此法有一定的缺陷，因为环内酯易聚合，回收有机酸困难较大，且有机过氧化物稳定性不好，有较大的安全问题。

上述反应的一个工艺如：250mL 三颈瓶中加入 14g 30% H₂O₂，于磁力搅拌下缓慢滴加 18g 乙酸酐，冰水浴冷却使反应温度不超过 10℃。滴加完毕后，温度保持在 10℃下继续搅拌反应 5h，得无色澄清溶液，静置过夜。室温下搅拌上述溶液，缓慢滴加 9.8g 环己酮，滴加完毕后升温至 50℃，反应 3h。停止搅拌，冷却至室温。经后处理可得 50% 左右的收率。这里的主要副反应是内酯的聚合。体系酸度的增加、温度的升高、浓度的增加都会导致聚合的增加。

醛类化合物用过氧酸氧化时生成羧酸。

（5）苯甲酸环己烯-2-酯的合成

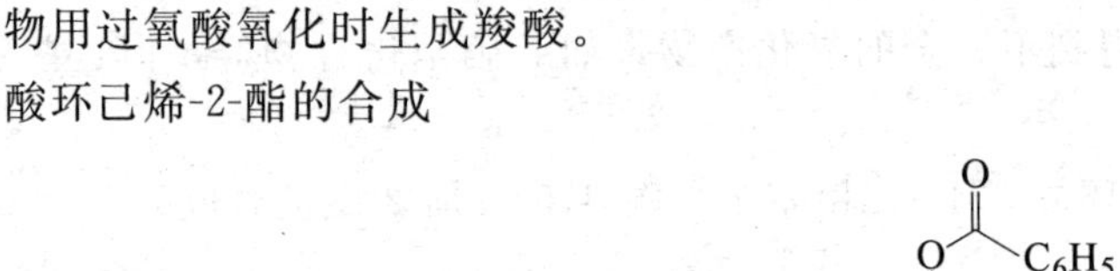

过氧酸酯在亚铜盐催化下可在烯丙位烃基上引入酰氧基，经水解可得烯丙醇类，这是烯丙位烃基氧化的间接方法，常用试剂有过醋酸叔丁酯和过苯甲酸叔丁酯。如上述反应收率为 71%～80%。该反应的反应机理认为是亚铜盐催化下的自由基反应。

（6）7-羰基-去氢表雄酮-3-乙酸酯的合成

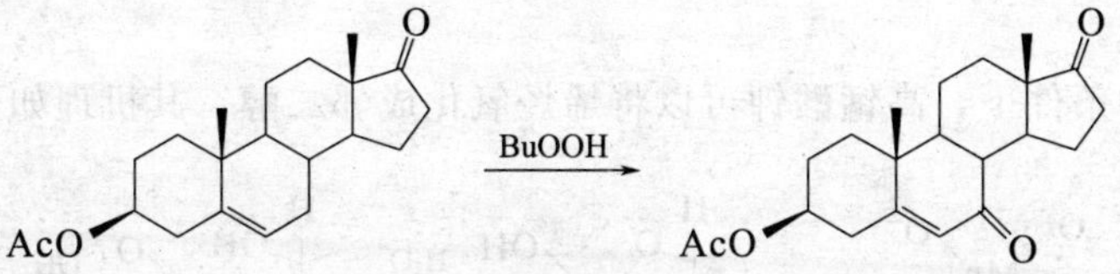

烃基过氧化物最常用的是叔丁基过氧化氢。

将 0.02g(0.2mmol) 的 CrO_3 溶于 16mL 二氯甲烷中，再加入 4mL 体积分数为 70% 的过氧叔丁醇及 1.25g(4mmol) 的原料，于室温下搅拌约 24h，经后处理收率可达 85% 以上。这里 CrO_3 起到催化剂的作用。烯丙基位的氢比较活泼，比较容易被氧化。但产物结构对酸、碱都不很稳定，易水解或醇解，一定要注意后处理的方法。后处理的方法有时可以决定工艺的成败。

10.9.3 金属无机化合物氧化剂

金属无机化合物氧化剂由于环保问题现在用得越来越少。但相对于空气氧化和过氧化物氧化，它们一般有较好的选择性，收率较高。因此在有些场合还很值得应用。下面进行简单介绍。

10.9.3.1 锰化合物

（1）高锰酸钾　高锰酸钾在碱性、中性或酸性条件下均能用作氧化剂，用途较广。

由于高锰酸钾在强酸条件下氧化能力太强难以控制且易引起其他反应，因此高锰酸钾一般是用于碱性、中性或弱酸性的氧化。

高锰酸钾常用于将甲基氧化为羧基：

$$ArCH_3 + 2KMnO_4 \longrightarrow ArCOOK + 2MnO_2 + KOH + H_2O$$

反应常在水中进行，温度在室温至 100℃ 左右。实际应用如：

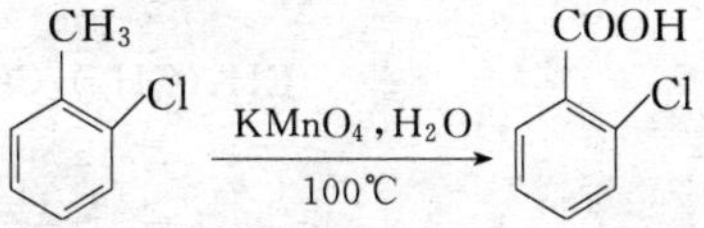

对难溶于水的原料可加一些溶剂如丙酮、二氯甲烷等溶解，然后再加一些相转移催化剂如 $C_6H_5CH_2N(C_2H_5)_3Cl$ 促进反应。

在非酸性条件下氧化可看到在氧化过程中有 KOH 产生，若原料中有对碱敏感的基团，则要产生副反应，影响收率，这时应在体系中加入一些束缚剂使体系 pH 保持一定值。常用的有硫酸镁和二氧化碳等。如：

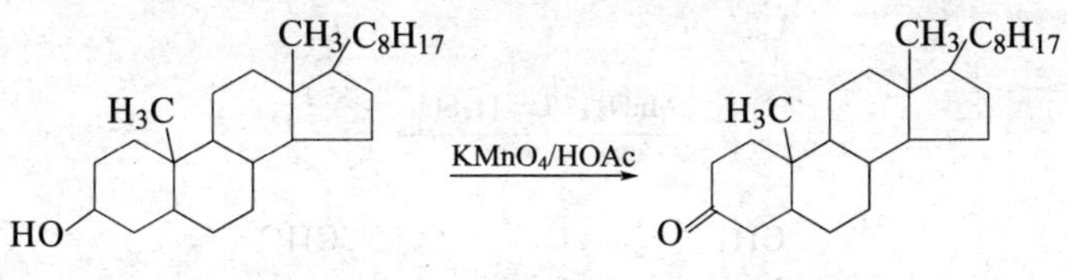

此反应收率可达 100%。

注意：一般酮的羰基 α-位有氢时，易进而被烯醇化，氧化断裂，导致副反应。此例比较特殊。

在温和的条件下，高锰酸钾可以将烯烃氧化成邻二醇，其机理如下：

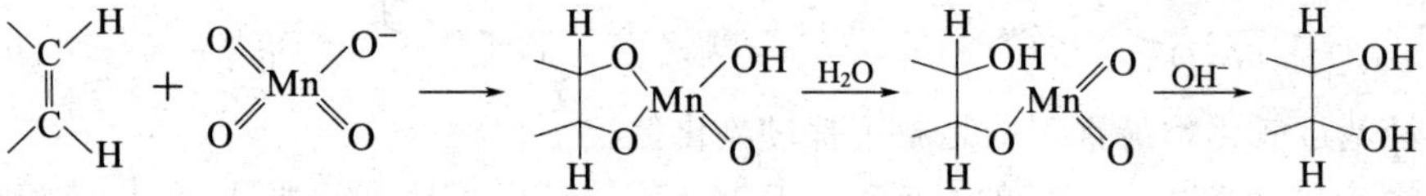

中间体锰酸酯水解为邻二醇时，很易进一步氧化，究竟发生何种反应，取决于体系的 pH 值和高锰酸钾的量和浓度。若 pH 值在 12 以上，且使用计算量的低浓度高锰酸钾，可生成邻二醇，如：

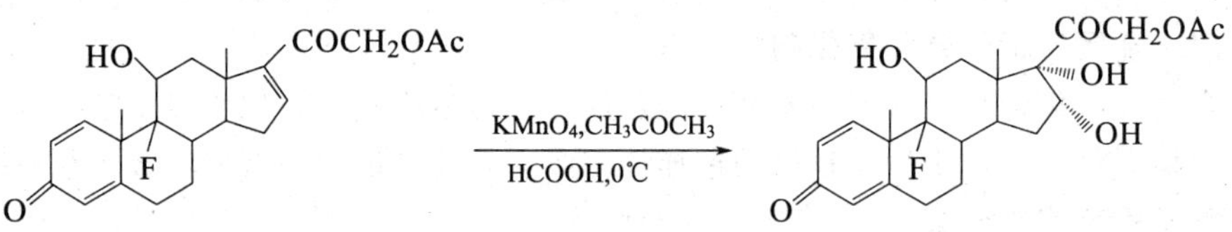

单独用高锰酸钾进行烯键断裂氧化选择性很低，若将它与过碘酸钠按一定比例配成溶液（1:6）作氧化剂（称为 Lemieux 试剂），则可得到收率很高的两个羧酸（称为 Lemieux-von Rudolff 方法）。其原理是高锰酸钾首先氧化双键生成邻二醇，然后过碘酸钠氧化邻二醇生成双键断裂产物，同时过量的过碘酸钠将锰化合物氧化成高锰酸钾，使之继续参加反应。如：

$$CH_3(CH_2)_7CH\!=\!CH(CH_2)_7COOH \xrightarrow[H^+,20℃]{KMnO_4/NaIO_4/K_2CO_3}$$

$$CH_3(CH_2)_7COOH \;+\; (H_2C)_7 \begin{array}{c} COOH \\ COOH \end{array}$$

收率接近 100%。

（2）二氧化锰 二氧化锰作为氧化剂主要有两种存在形式，一种是活性二氧化锰，另一种是二氧化锰和硫酸的混合物。它的氧化性能温和。

二氧化锰和硫酸的混合物适用于芳烃侧链、芳胺、苄醇的氧化，可使反应停留在中间阶段，常用来制备醛、酮或羟基化合物，如：

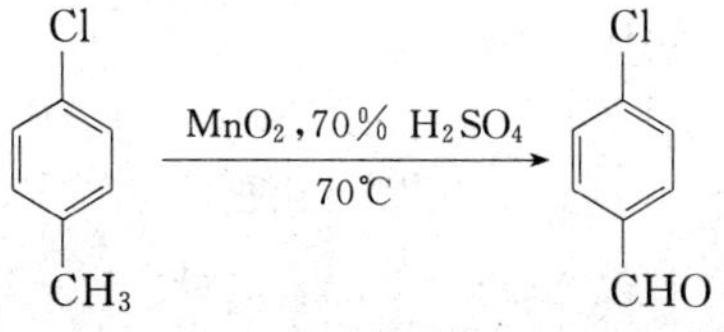

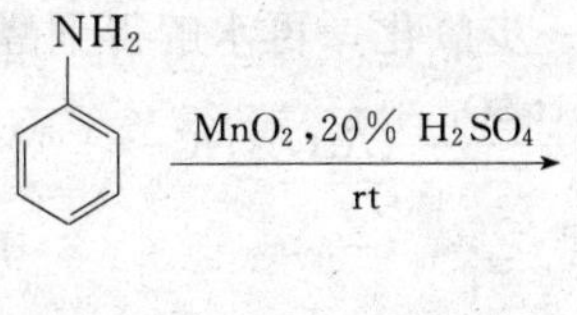

而活性二氧化锰选择性较强，可对 α,β-不饱和醇进行选择性氧化制备相应的 α,β-不饱和醛或酮，氧化反应不影响碳-碳双键，条件温和，收率高。如利尿药盐酸西氯他宁中间体的制备：

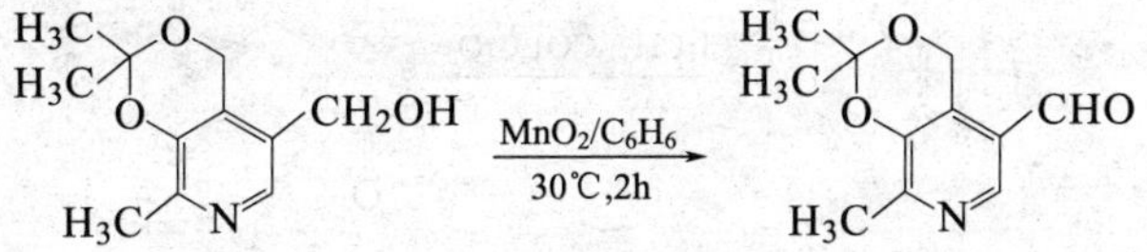

收率约 66%。

对不同羟基也有一定的选择性。在同一分子中有烯丙位羟基和其他羟基共存时，可选择性地氧化烯丙位羟基，例如：

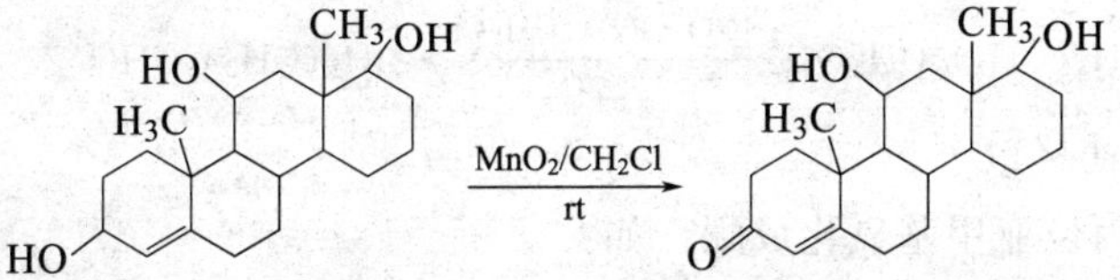

收率约 62%。

活性二氧化锰要新鲜制备，其活性判断方法为：用一定量的二氧化锰氧化肉桂醇，生成的肉桂醛与 2,4-二硝基苯肼反应，生成相应的苯腙，由苯腙的量判断二氧化锰的活性。

10.9.3.2 铬化合物

铬化合物常用的有铬酸、重铬酸盐和三氧化铬（铬酐）。在不同的条件下有不同的氧化性能。

（1）三氧化铬 三氧化铬是一种多聚体，在水、醋酐、叔丁醇、吡啶等溶液中解聚时，可生成不同的铬化合物如铬酰醋酸酯、叔丁基铬酸酯、铬酰吡啶络合物（又称 Sarett 试剂）、铬酰氯（又称 Etard 试剂）等。

$$CrO_3 + (CH_3CO)_2O \longrightarrow (CH_3COO)_2CrO_2$$

$$CrO_3 + (CH_3)_3COH \longrightarrow [(CH_3)_3CO]_2CrO_2$$

$$CrO_3 + 2C_5H_5N \longrightarrow CrO_3 \cdot 2C_5H_5N$$

$$CrO_3 + HCl \longrightarrow CrO_2Cl_2$$

它们都有不同的氧化特性。注意这些物质制备过程中要非常小心，否则易产生燃烧、爆炸。

铬酰醋酸酯主要用于芳环上氧化甲基生成相应的醛。芳环上给电子基团有利于氧化反应，吸电子基团不利。其氧化过程可能是甲基先被氧化成醛后，与过量的酸酐起反应生成二醋酸酯以避免进一步氧化，再水解得到醛，如：

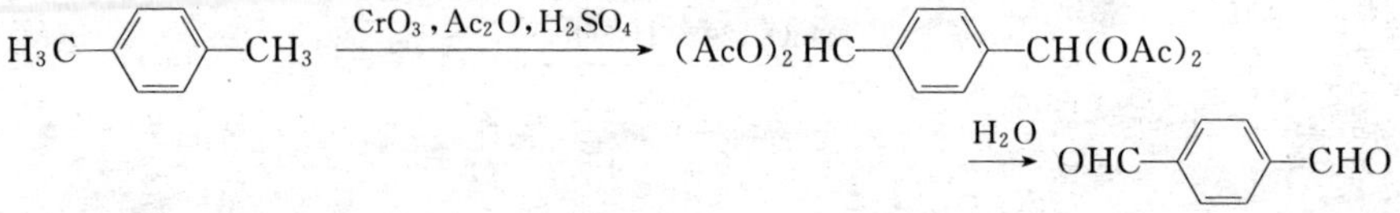

$$H_3C-\!\!\bigcirc\!\!-CH_3 \xrightarrow{CrO_3,Ac_2O,H_2SO_4} (AcO)_2HC-\!\!\bigcirc\!\!-CH(OAc)_2$$

$$\xrightarrow{H_2O} OHC-\!\!\bigcirc\!\!-CHO$$

叔丁基铬酸酯以石油醚作溶剂时可使伯醇或仲醇氧化成相应的羰基化合物，也可使烯丙基位亚甲基选择性地氧化成羰基而不影响双键。如：

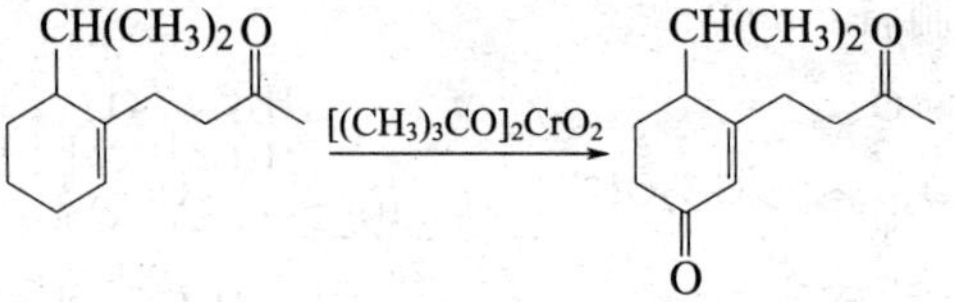

Sarett 试剂可将烯丙基型或非烯丙基型的醇氧化成相应的醛或酮。室温反应时对分子中的双键、缩醛、缩酮、环氧、硫醚等均无影响。如：

$$C_6H_5CH\!=\!CHCH_2OH \xrightarrow[rt]{CrO_3(Py)_2} C_6H_5CH\!=\!CHCHO$$

$$CH_3(CH_2)_5CH_2OH \xrightarrow[25℃]{CrO_3(Py)_2/CH_2Cl_2} CH_3(CH_2)_5CHO$$

收率都在 80% 以上。

还可将烯丙位亚甲基氧化成酮，如：

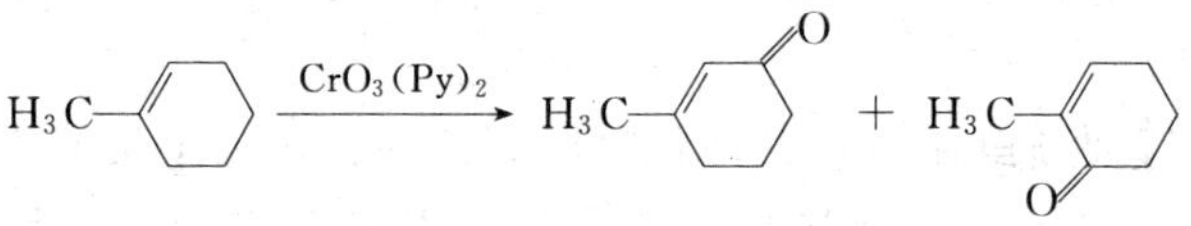

还能选择性地氧化叔胺上的甲基成甲酰基，如：

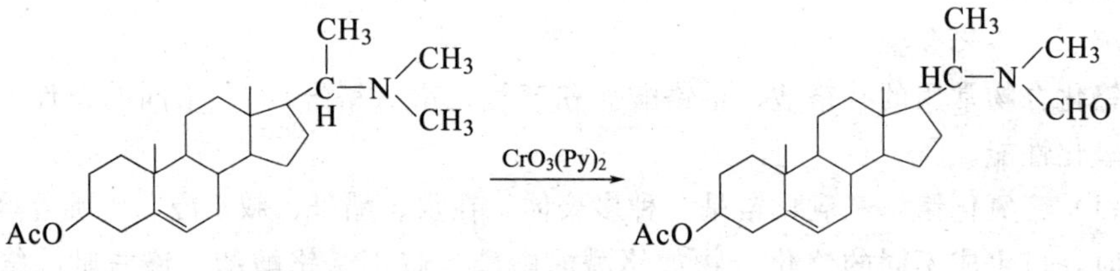

铬酰氯（Etard 试剂）常在惰性溶剂如二硫化碳、四氯化碳、氯仿中应用，可将芳环上具有亚甲基或甲基的化合物氧化成不溶性的络合物，再水解后生成相应的醛或酮。它的一个主要特征是，当芳环上有多个甲基时，仅氧化其中的一个。如：

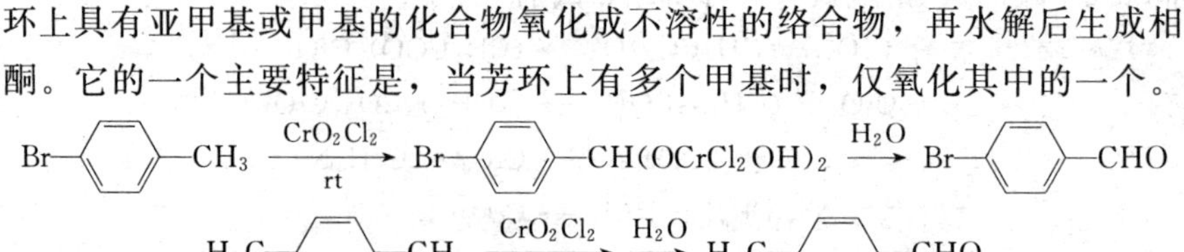

$$Br-\!\!\bigcirc\!\!-CH_3 \xrightarrow[rt]{CrO_2Cl_2} Br-\!\!\bigcirc\!\!-CH(OCrCl_2OH)_2 \xrightarrow{H_2O} Br-\!\!\bigcirc\!\!-CHO$$

$$H_3C-\!\!\bigcirc\!\!-CH_3 \xrightarrow[rt]{CrO_2Cl_2} \xrightarrow{H_2O} H_3C-\!\!\bigcirc\!\!-CHO$$

（2）铬酸、重铬酸盐　这类氧化剂常用于将侧链烷基氧化为羧基，它的收率相对较高，且它对于较长侧链烷基的氧化往往能使端甲基氧化成羧基而不是首先氧化 α-碳原子，如：

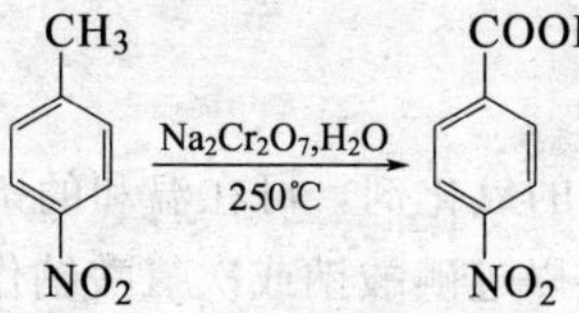

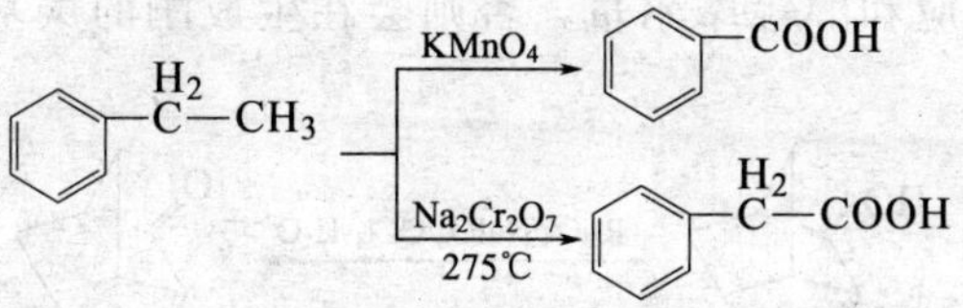

重铬酸钠用作氧化剂时，常在高温高压下进行，它的氧化深度较小，如上述例子。

铬酸或铬酸酯还可将 C—H 键氧化为醇，如抗病毒药金刚烷类中间体的合成：

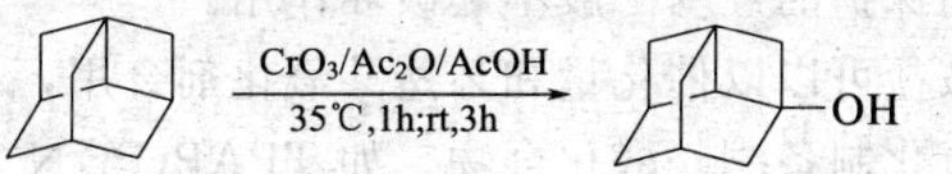

收率约 81%～84%。

控制合适的条件也可将苄甲基氧化为醛，如：

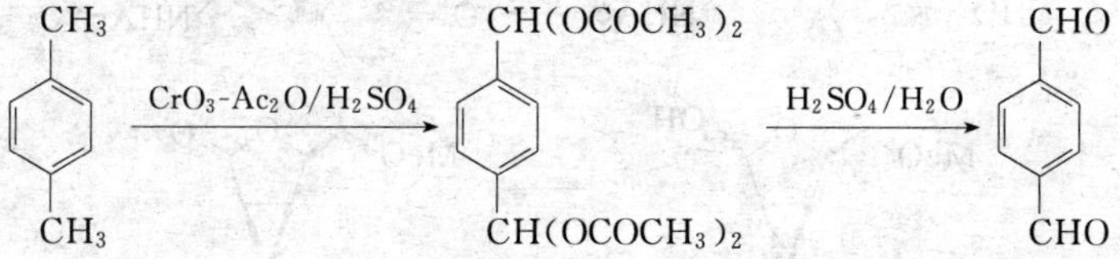

收率约 52%。

铬化合物在将醇氧化为醛或酮的过程中是很常用的，如：

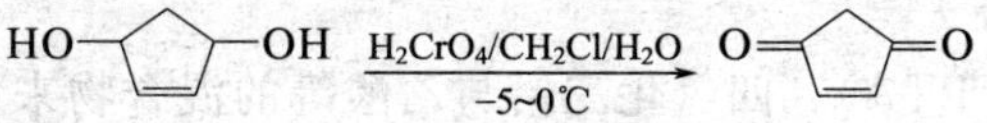

收率约 67%～79%。

10.9.4 其他金属氧化剂

主要介绍银化合物、钌化合物等几种。

10.9.4.1 银化合物

用碳酸银也可将醇氧化为酮，如可待因的氧化：

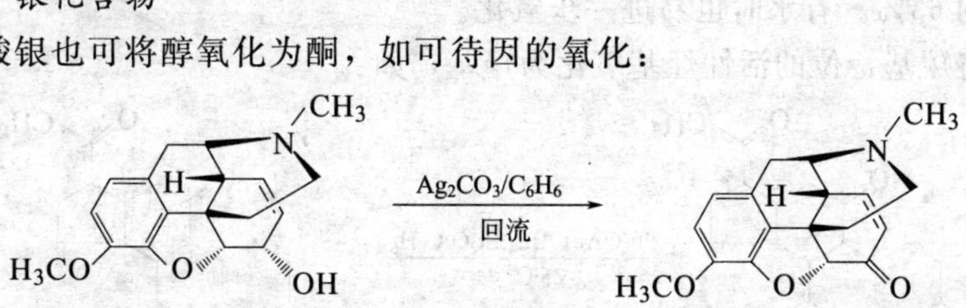

收率可达 75%。又如：

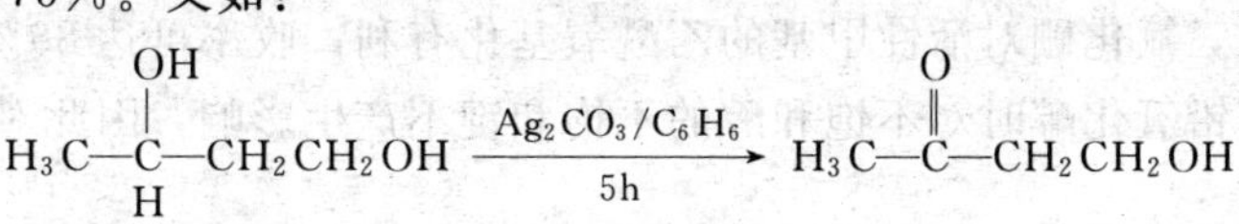

收率约 80%。

10.9.4.2 钌化合物

四氧化钌 RuO_4 是一个温和的氧化剂，可在温和的条件下以水作溶剂或在惰性溶剂中将仲醇氧化成酮，它一般以过碘酸钠或次氯酸钠作共氧化剂。在对仲醇进行氧化时，RuO_4 用量应和醇等摩尔量，否则会在生成酮的羰基邻位插入一个氧原子，形成内酯：

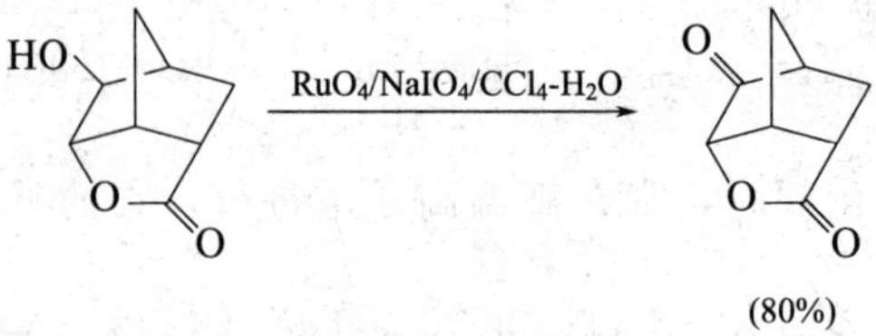

(80%)

它对有其他基团保护的羟基一般不起破坏作用。

过钌酸四烷基铵盐可以以催化量和某些共氧化剂合用，在更温和的条件下在有机溶剂中对醇进行氧化制备酮、醛化合物，如 $TPAP(Pr_4N^+RuO_4^-)$：

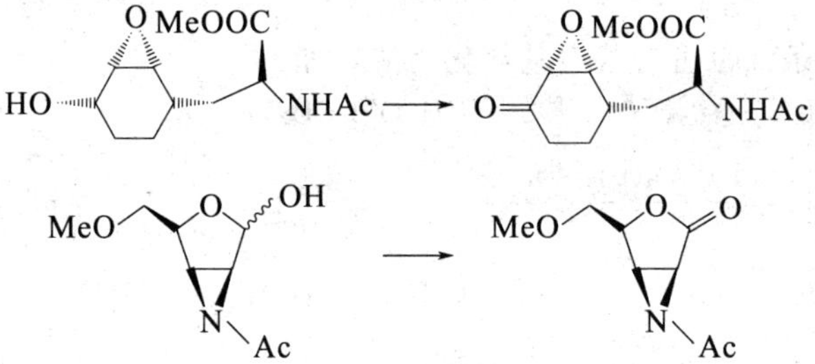

(88%)

10.9.4.3 铅化合物

常用四醋酸铅（LTA）、四氧化三铅与乙酸等的混合物来氧化，氧化性能较温和，选择性较高，如对苄位碳上的氧化：

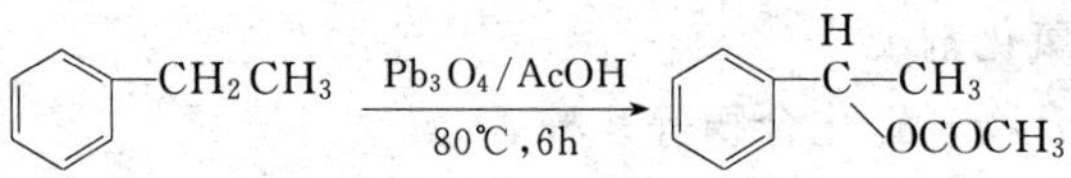

收率约 63%。有水时也易进一步氧化。

也可将羰基 α-位的活性烃基氧化为羟基，如：

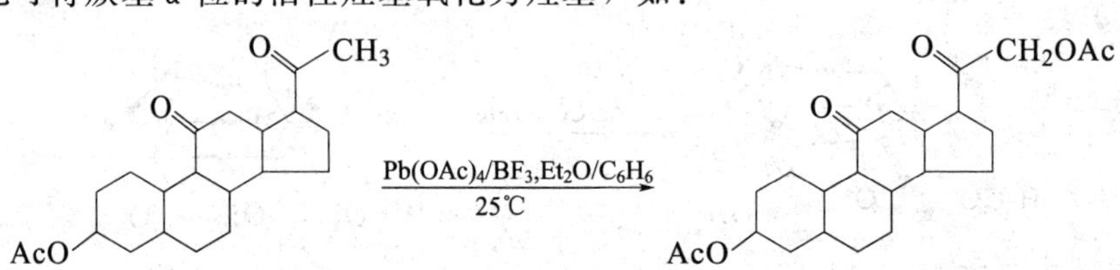

其中加入三氟化硼对活性甲基的乙酰氧基化有利，收率可达 86%。

用四乙醇铅氧化醇时对不饱和醇的不饱和键不产生影响，因此对此类氧化的收率较高，如：

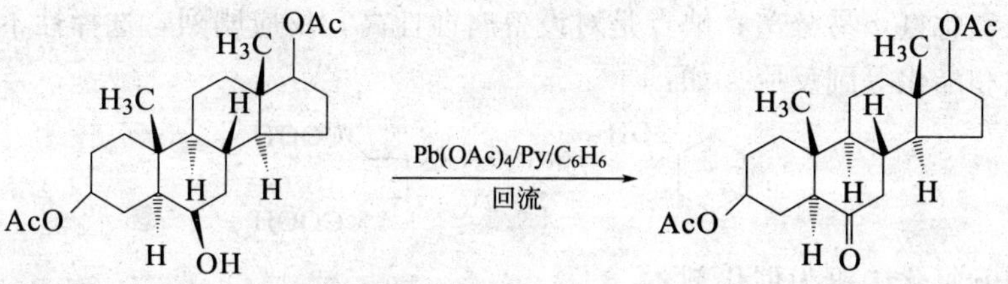

收率可达 95.5%。

10.9.4.4 铈化合物

硝酸铈铵（CAN）对芳烃的苄位 C—H 键有较好的选择性，如：

$$C_6H_5CH_3 \xrightarrow[\text{回流}]{(NH_4)_2Ce(NO_3)_6/100\%AcOH} C_6H_5CH_2OCOCH_3$$

收率约 90%。

有水时还可进一步氧化为醛等，如：

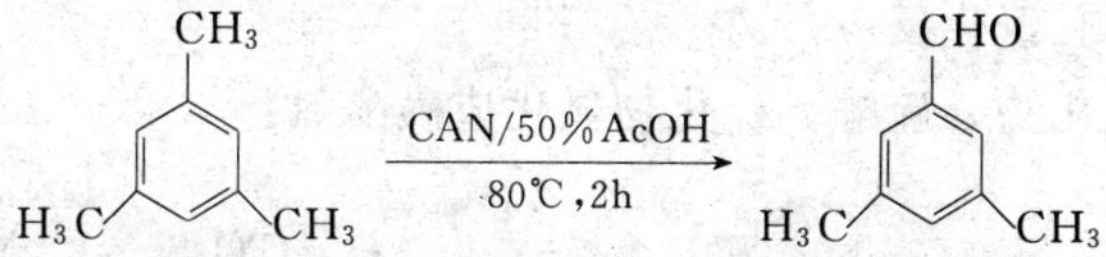

温度更高时则生成酸。

对苄位亚甲基则可氧化成酮：

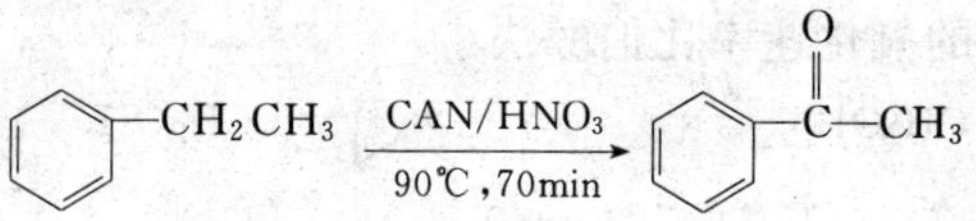

收率约 77%。

10.9.4.5 二氧化硒（SeO₂）

可将羰基的 α-位活性烃基氧化成相应的羰基化合物，形成 1,2-二羰基化合物。用亚硒酸也可以。它对两个 α-位的甲基或亚甲基的氧化缺乏选择性。如：

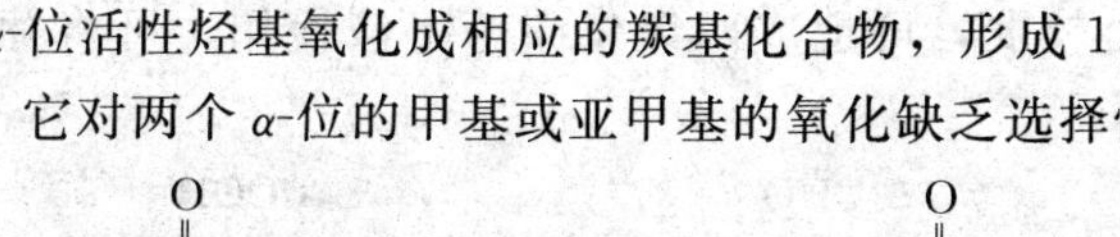

收率约 69%～72%。

注意硒化合物的毒性比 As₂O₃ 还大，因此应用受限制。

10.9.5 非金属氧化剂

相比于金属氧化剂，非金属氧化剂用途较窄。下面进行简单介绍。

10.9.5.1 硝酸

硝酸根据浓度的不同其氧化过程也不一样，浓硝酸还原为二氧化氮，稀硝酸还原为一氧化氮。

硝酸可氧化侧链成羧酸，氧化醇类成相应的酮或酸，氧化活性次甲基成酮，氧化氢醌成醌，氧化亚硝基化合物成硝基化合物。它的优点是被还原后生成气体一氧化氮或二氧化氮，易分离；缺点是对设备腐蚀性高，反应剧烈，选择性不高，且易引起硝化和酯化等副反应。如：

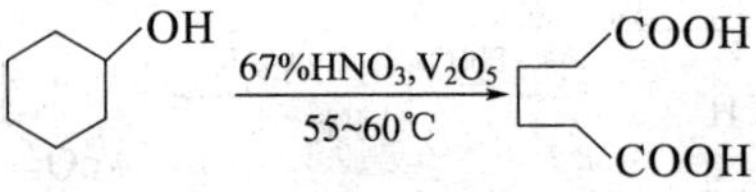

其中五氧化二钒为催化剂。

当原料中有对碱敏感的基团（如卤素）时，常用硝酸代替高锰酸钾氧化：

$$ClCH_2CH_2CH_2OH \xrightarrow{HNO_3,rt} ClCH_2CH_2COOH$$

10.9.5.2 含卤氧化剂

含卤氧化剂主要有卤素（氟除外）、次氯酸钠、氯酸、高碘酸等。

（1）卤素 氯气作为氧化剂实际上常是将氯气通入水或碱的水溶液中，生成次氯酸或次氯酸盐而进行氧化反应的。氯气也可通入其他溶剂进行氧化反应。但氯气在氧化过程中常伴有氯化反应。

氯气可将二硫化物、硫醇、硫化物氧化成磺酰氯：

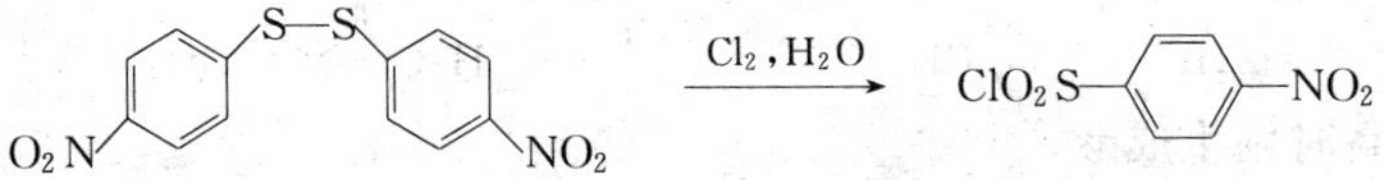

氯气的四氯化碳溶液，在吡啶存在下可作为脱氢氧化剂，使伯醇、仲醇生成羰基化合物，而且仲醇的氧化速率比伯醇快：

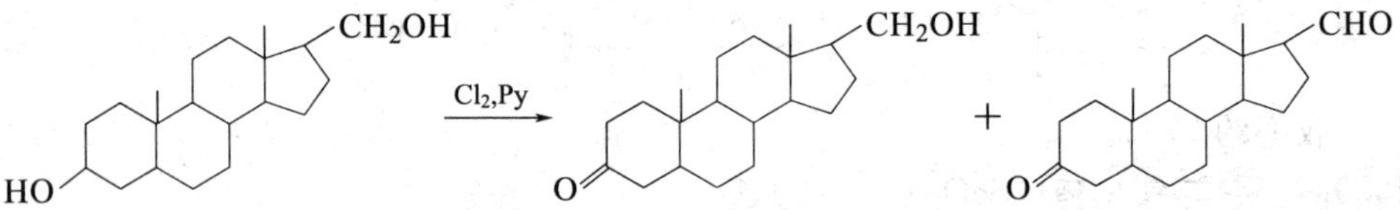

溴的氧化能力较弱，可配成四氯化碳等溶液使用，可将葡萄糖氧化成葡萄糖酸：

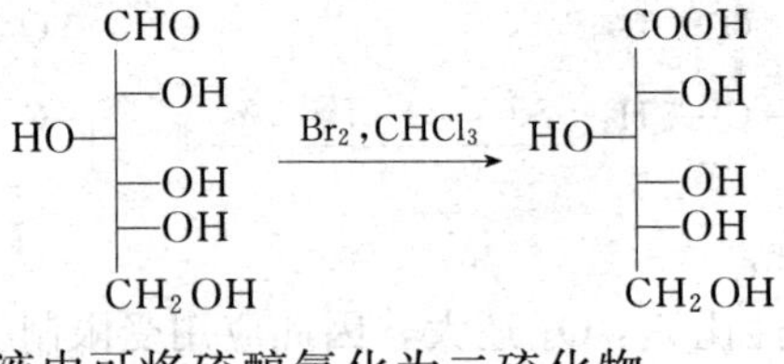

计算量碘在碱性溶液中可将硫醇氧化为二硫化物：

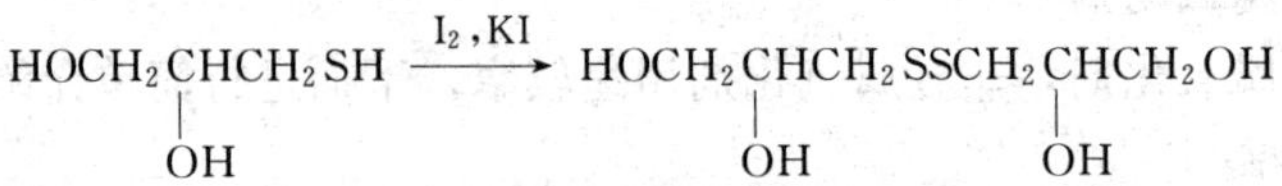

$$HOCH_2CHCH_2SH \xrightarrow{I_2,KI} HOCH_2CHCH_2SSCH_2CHCH_2OH$$
$$\qquad\quad |OH \qquad\qquad\qquad\quad |OH \qquad\qquad |OH$$

（2）次氯酸钠 次氯酸钠氧化能力强，可将酮氧化成羧酸：

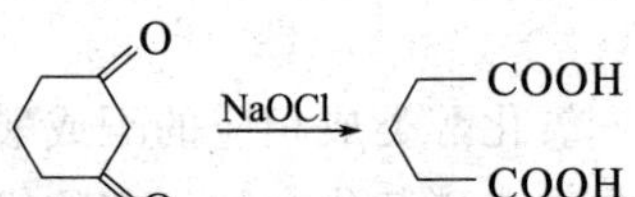

还可将甲苯氧化成苯甲酸，肟氧化成硝基化合物，硫醇氧化成磺酸，硫醚氧化成亚砜或砜等。一些氨基酸还可用次氯酸钠脱羧，如：

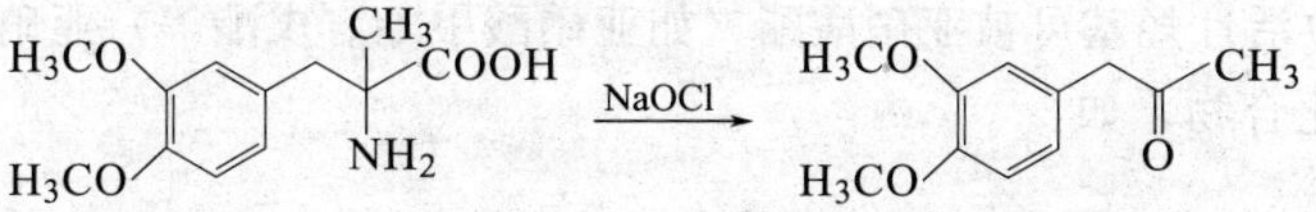

（3）氯酸　氯酸及其盐都是强氧化剂，常在中性或微酸性介质中使用。它能将醇氧化成酸，烯烃氧化成环氧乙烷衍生物，稠环芳烃或芳香烃氧化成醌等。

（4）高碘酸　高碘酸可氧化 1,2-二醇、1,2-氨基醇、相邻二羰基化合物以及相邻的酮醇化合物，并发生碳-碳键断裂，生成羰基和羧基化合物。这类反应统称为 Malaprade 反应。以上基团若不在邻位，则不发生此类反应。对不溶于水的物质，可在甲醇、二氧六环或醋酸溶液中进行氧化。高碘酸氧化后生成碘酸，也有一定的氧化能力，为此要控制好温度以免进一步氧化，一般在室温进行。

高碘酸也可负载在二氧化硅上进行氧化，收率更高，如：

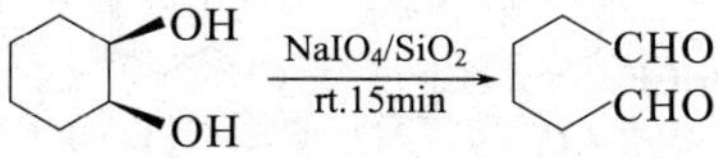

收率可达 98%。

高碘酸氧化广泛用于多元醇及糖类化合物的氧化降解，并根据降解产物研究它们的结构。

10.9.5.3 过二硫酸盐和过一硫酸

作为氧化剂的过二硫酸盐主要是过二硫酸钾和过二硫酸铵，可在中性、碱性或酸性介质中进行氧化反应。

过二硫酸钾可在芳环上引入磺酸酯基，水解后生成羟基，这称为 Elbs 过二硫酸盐氧化反应。该反应对醛基无影响。反应一般发生在羟基的对位，若对位有取代基，则在邻位反应，常用于制备二元酚。如：

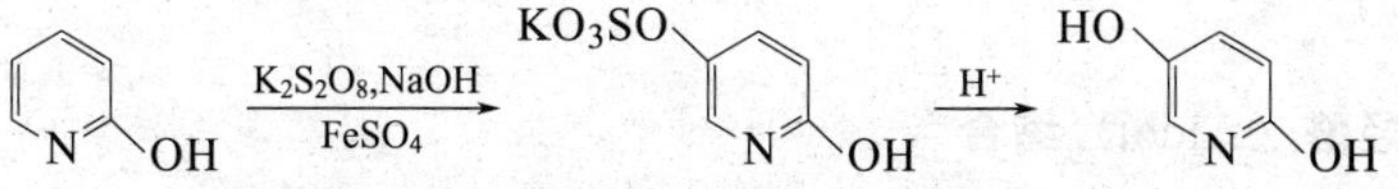

在 0℃下将过二硫酸钾 $K_2S_2O_8$ 溶于浓硫酸可制得过一硫酸 H_2SO_5，又称 Caro's 酸，它水解后生成硫酸和过氧化氢起作用。可将芳香胺氧化成芳香族亚硝基化合物：

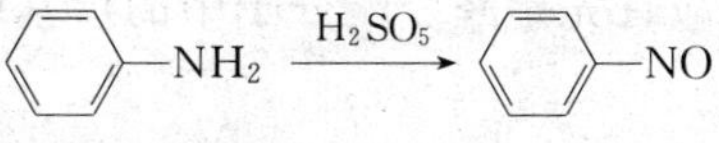

还可像过氧化物一样将酮氧化成酯。

10.9.6 其他有机氧化剂

新发展的氧化剂很多，各种新的应用领域也很多，下面主要介绍亚硝酯和醌的氧化作用。

10.9.6.1　亚硝酸酯

羰基邻位活性烃基可被亚硝酸酯（如亚硝酸甲酯、戊酯等）亚硝化，然后水解得 1,2-羰基化合物，如：

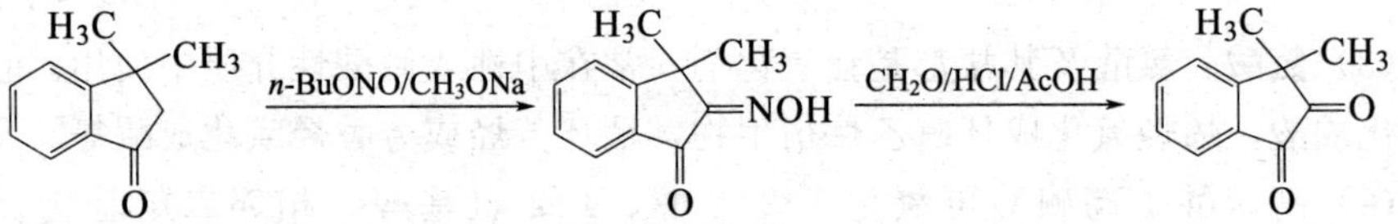

收率可达 90%。

10.9.6.2　醌类

醌类主要用于脱氢反应。常用的醌类氧化剂是四氯-1,4-苯醌（氯醌）（Ⅰ）、2,3-二氯-5,6-二氰基苯醌（DDQ）（Ⅱ），反应后自身生成 1,4-二酚。

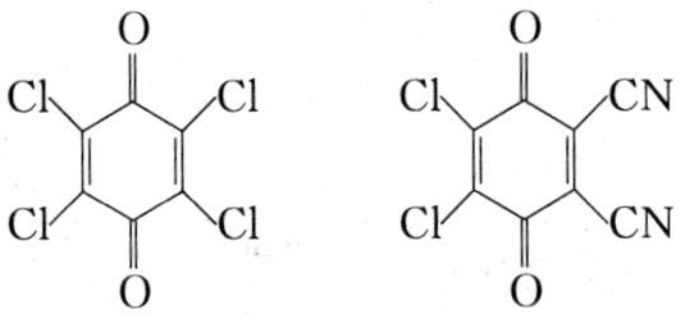

（Ⅰ）　　　　　　（Ⅱ）

DDQ 应用最广泛，其在苯中的溶液呈红色，随着反应的进行，生成不溶于苯的浅黄色固体氢醌而分离出来。

醌类脱氢机理是反应物中的负氢离子被醌中的氧夺取，进而是反应物中连续的氢原子转移。大多用于醇类、脂环类以及甾族化合物。如：

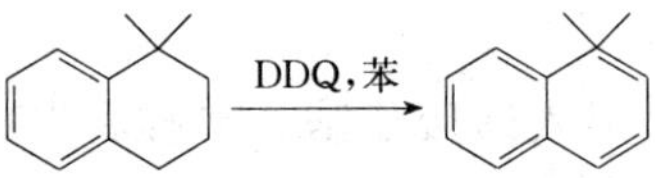

10.10　缩合反应

10.10.1　羟醛（Aldol）缩合

典型的羟醛缩合反应机理可分碱催化下的缩合和酸催化下的缩合。

如乙醛在碱催化下的缩合，其机理是含 α-氢的醛、酮首先在碱催化下生成负碳离子，很快与另一分子醛、酮中的羰基发生亲核加成而得到产物。

在酸催化下的缩合反应首先是醛、酮分子中的羰基质子化成为正碳离子，然后与另一分子发生亲电加成。

羟醛缩合反应有同分子醛、酮的自身缩合和异分子醛、酮间的交叉缩合两大类。它的特点是可使碳链增加。工业上常用此方法制备高级醇等。

反应实例如 3-苯基丙烯醛（肉桂醛）的合成：

羟醛交叉缩合反应的一个典型例子是用一个芳香醛（没有 α-氢）和一个脂肪族醛或酮进行缩合，反应是在氢氧化钠的水或乙醇溶液内进行，可得到产率很高的 α,β-不饱和醛或酮，这种反应称为克莱森-斯密特（Claisen-Schmidt）缩合反应。

如氢氧化钠溶液浓度为 3.5%、相转移催化剂四丁基溴化铵的用量相当于苯甲醛质量的 0.25%，反应时间为 3h、反应温度为 28℃以及原料摩尔比（苯甲醛/乙醛）为 1:1.4 时，产物收率达 70.4%。从以上机理分析可知，乙醛本身会缩合，还会产生其他的缩合反应，因此必须保证足够的量才能保证收率，但过高会带来后处理的困难及其他副反应。反应温度高副反应会加重。氢氧化钠浓度低反应太慢，过高也会导致副反应加剧，使收率下降。由于原料及产品在水中的溶解性有限，加入相转移催化剂对反应有促进作用。

实际上在反应过程中乙醛自身也会缩合，但由于其热力学不如交叉缩合的产品（肉桂醛）稳定（因有共轭作用），且反应过程是一个可逆平衡过程，最后的产品都是交叉缩合的产品。

10.10.2 醛酮与羧酸的缩合反应

10.10.2.1 珀金（Perkin）缩合

芳香醛或脂肪醛与脂肪酸酐在碱性催化剂作用下缩合，生成 β-芳基丙烯酸类化合物的反应称为珀金缩合反应。本反应通常仅适用于芳醛或不含 α-氢的脂肪醛。反应实例如下。

（1）3-苯丙烯酸（肉桂酸）的合成

此类反应碱性催化剂一般是与所用的脂肪酸酐相应的脂肪酸碱金属盐（钠或钾盐），有时使用三乙胺。

由于反应中的脂肪酸酐是活性较弱的次甲基化合物，催化剂脂肪酸盐又是弱碱，所以要求的反应温度较高（150~200℃），反应时间较长。若芳醛的芳环上有吸电子基团时则反应易进行，收率也高；若有给电子基团时则相反。这说明珀金反应为亲核加成反应。

如上述反应，当以碳酸钾为催化剂时，同时加入阻聚剂对苯二酚，且 n(苯甲醛)：n(乙酐)：n(碳酸钾)＝1:3:1.08，对苯二酚 2%（摩尔分数），反应时间 1h，反应温度为 180℃时，肉桂酸产率可达 74% 以上。

阻聚剂的作用是防止苯甲醛及产品的聚合以提高产率。催化剂的选择非常重要，碱性强弱、在体系中溶解性好坏等都会对反应造成影响。本反应以原料乙酐作为溶剂，所以过量较多，这对反应有促进作用。

（2）对羟基苯丙烯酸的合成

$$HO-\!\!\!\left\langle\bigcirc\right\rangle\!\!\!-CHO + HOOCCH_2COOH \longrightarrow HO-\!\!\!\left\langle\bigcirc\right\rangle\!\!\!-CH\!=\!CH-C\!\!\begin{array}{c}O\\OH\end{array}$$

由于 Perkin 反应时间较长，温度较高，因此副反应较严重，产品得率不高。为此，可改用诺文葛耳-多布纳（Knoevenagel-Doebner）缩合反应。此反应是指采用吡啶或吡啶加少量哌啶为催化剂，以醛、酮与含有活泼甲基的化合物如丙二酸（酯）反应生成 α,β-不饱和化合物，此法的反应条件温和，反应快，收率高，纯度也高。此法实际包含亲核加成、脱水和脱羧三步反应。

如上述反应的操作：在反应瓶内加入 0.1mol 对羟基苯甲醛、0.3mol 丙二酸和 40mL 1,4-二氧六环，加入吡啶 1mL、哌啶 1mL 作为催化剂，升温回流至反应结束，经后处理，可得到收率为 88% 的产品。反应中必须使原料、产品有较好溶解才有可能得到好的结果。各种弱碱都可用作催化剂，但有时用上述混合碱有较好的效果，但要注意会导致催化剂回收的困难。由于对羟基苯甲醛在反应过程中有可能发生氧化、聚合等副反应，因此需要过量丙二酸尽可能将它转化完才有可能得到高的收率，但过量过多会导致回收的困难以及成本的增加。

10.10.2.2　达村斯（Darzens）缩合

醛或酮在强碱作用下和 α-卤代羧酸酯或 α-卤代酮反应，缩合生成 α,β-环氧羧酸酯或酮的反应称为达村斯（Darzens）缩合反应。本缩合反应对大多数脂肪族和芳香族的醛或酮均可获得较好的收率。

其反应机理首先是在碱催化下 α-卤代羧酸酯形成负碳离子，继而与醛或酮的羰基发生亲核加成，得到烷氧负离子，氧上的负电荷把负的氯原子挤走，即得到产物。

常用的强碱催化剂有：RONa、$NaNH_2$、t-C_4H_9OK，后者效果最好。

形成的产物因有烯键，所以有顺式和反式两种，一般以酯基与邻位碳原子的体积较大的基团处于反式的产物为主要组分。这主要是由空间效应决定的。反应实例如下。

（1）［3-(2-硝基苯基)环氧乙烷-2-基］苯甲酮的合成

$$\begin{array}{c}CHO\\ \quad NO_2\end{array} + \begin{array}{c}O\\ \parallel\\ C-CH_2Cl\end{array} \longrightarrow$$

将氯代苯乙酮（1mmol）、2-硝基苯甲醛（1mmol）、氢氧化钠 1mmol、3mL 蒸馏水（若采用相转移催化，可将催化剂一并加入）加入到反应瓶中于 28～38℃ 反应 60min。若只有搅拌，产品的收率可达 58%，用超声波辐射，收率可提高到 84%，若再加上相转移催化剂和搅拌，收率可提高到 88%。这说明超声波对反应有一定的促进作用。但这要视原料和产物的结构而定，有些较敏感的基团可能会在超声波的作用下分解。

（2）3-(4-溴苯基环氧乙基）羧酸乙酯的合成

$$Br-\!\!\bigcirc\!\!-CHO + ClCH_2COOEt \longrightarrow Br-\!\!\bigcirc\!\!-\overset{O}{\overbrace{}}-COOEt$$

在乙醇钠的乙醇溶液中（可自行制备）加入石油醚作为溶剂和相转移催化剂，在冰水冷却下滴加等摩尔的两种原料的混合溶液（有乙醇溶解），然后保温 1h，再在室温放置 18h 至反应完成，然后进行后处理，可得 82％左右收率的产品。相转移催化剂可有效地提高产品的收率。温度过高环氧化合物易分解，原料氯乙酸乙酯也易分解，这是最主要的影响因素。

α,β-环氧羧酸酯在很温和的条件下通过皂解和酸化可生成相应的游离酸，但很不稳定，受热后即失去二氧化碳转变成醛或酮的烯醇式。

反应中溶剂会影响产物顺反异构体比例。在乙醇以及非极性溶剂如苯、己烷中反应，反式异构体占优势，在极性非质子溶剂中如 HMPA（六甲基磷酰胺）中，顺式异构体的比例会增大。

10.10.3 醛、酮与醇的缩合反应

醛或酮在酸性催化剂作用下很容易和两分子醇缩合，并失去水变为缩醛类或缩酮类化合物，其反应通式为：

$$\overset{R}{\underset{R'}{\diagup}}C=O + 2R''CH_2OH \underset{}{\overset{H^+}{\rightleftharpoons}} \overset{R}{\underset{R'}{\diagup}}C\overset{OCH_2R''}{\underset{OCH_2R''}{\diagdown}}$$

当醇用乙二醇或丙二醇时，两个 R″ 一起构成一个—CH_2CH_2—，即中间有四个亚甲基的环时称为茂烷类；若构成—$CH_2CH_2CH_2$—时称为噁烷类。

酸性催化剂常用的有干燥的氯化氢气体或对甲苯磺酸，也有采用草酸、柠檬酸、磷酸或阳离子交换树脂等的。反应要在无水条件下进行，溶剂可用无水醇类，原料醇也可作溶剂。在反应中常用共沸原理除去水以使反应完全。

上述所有过程为可逆过程，缩醛也可被分解为醛和醇。若要使反应完全，必须及时除去生成的水。

反应实例如苯乙酮-1,2-丙二醇缩酮的合成：

$$\bigcirc\!\!-\!\!\overset{O}{\underset{}{\overset{\|}{C}}}\!\!-CH_3 + \begin{array}{l}HO-CH_2\\HO-CH\\\quad\quad CH_3\end{array} \longrightarrow$$

在反应瓶中加入苯乙酮、1,2-丙二醇、带水剂环己烷和一定量催化剂，装上温度计、分水器和回流冷凝管。加热回流分水，反应 3h，最高收率可达到 80％左右。醇比例增加可促进平衡向右移动，有利于反应的进行，但对后处理不利，控制在 2mol 倍较好；反应时间不够难以完成反应，过长易产生其他缩合副反应导致收率下降；带水剂多有利于水的分离促进反应，但导致反应温度下降，不利于反应，所以要有一合适的量。催化剂可以是各种酸性催化剂，用强酸性阳离子交换树脂有利

于后处理，且可重复使用多次，但由于不溶于体系，使用量要合适，过少催化活性低，过多对体系分散不利。

因制备缩酮时反应偏向反应物方面，如上例，必须更加及时地除去水分才有可能使反应进行。但另有一种制备缩酮的方法是不用醇，而是用原甲酸酯，反应过程中不生成水，可以得到较高产率。如酮和原甲酸乙酯的反应：

$$\underset{R}{\overset{R}{>}}C\!=\!O + HC(OC_2H_5)_3 \longrightarrow \underset{R}{\overset{R}{>}}C\!\!\underset{OC_2H_5}{\overset{OC_2H_5}{<}} + HCOOC_2H_5$$

10.10.4　酯缩合反应

酯缩合反应是指以羧酸酯为亲电试剂，在碱性催化剂作用下，与含活泼甲基或亚甲基羰基化合物的负碳离子缩合而生成 β-羰基类化合物的反应，总称为克莱森（Claisen）缩合反应。

该缩合反应需要用 RONa、$NaNH_2$、NaH 等强碱催化剂。

克莱森反应是制备 β-酮酸酯和 β-二酮的重要方法。

10.10.4.1　酯-酯缩合

参加这类缩合反应的酯可以是相同的酯，也可以是不同的酯。相同的酯之间的缩合称为自身缩合；不同酯之间的缩合称为异酯缩合。

（1）乙酰乙酸乙酯的合成

$$H_3CC\!\!\underset{OC_2H_5}{\overset{O}{<}} + H\!-\!H_2CC\!\!\underset{OC_2H_5}{\overset{O}{<}} \underset{}{\overset{C_2H_5ONa}{\rightleftharpoons}} H_3CC\!\!\overset{O}{<}\!\!\underset{H_2CC}{}\!\!\underset{OC_2H_5}{\overset{O}{<}} + C_2H_5OH$$

酯自身缩合最典型的例子是乙酸乙酯在乙醇钠的作用下缩合成乙酰乙酸乙酯。

此反应若能在反应过程中不断蒸出乙醇，可促使反应进行完全。最终收率可达92%。催化剂乙醇钠可以用直接往体系中加金属钠来代替，在反应过程中会生成乙醇钠。但金属钠操作比较危险。溶剂可以用苯或甲苯。

（2）2-氧代丁二酸二乙酯钠盐的合成

$$CH_3COOC_2H_5 + \underset{O}{\overset{O}{>}}\!\!<\!\!\underset{OC_2H_5}{\overset{OC_2H_5}{}} \longrightarrow \underset{NaO}{}\!\!<\!\!\underset{O}{\overset{O}{}}\!\!<\!\!\underset{OC_2H_5}{\overset{OC_2H_5}{}}$$

若用两个不同的并都含有 α-氢的酯进行异酯缩合，则理论上可得四种不同的产物，因此没什么价值。因此异酯缩合通常只限于一个含有 α-氢和另一个不含 α-氢的酯之间的缩合，这样一般能得到单一的 β-酮酸酯产物。常用的不含 α-氢的酯有甲酸乙酯、乙二酸二乙酯、苯甲酸乙酯等。

如上述反应，将金属钠 0.052mol 溶于无水乙醇（21mL）制成乙醇钠后，于 5℃左右缓慢滴加到乙酸乙酯 0.052mol 和草酸二乙酯 0.051mol 的混合物中，同温反应 4h 后，再加热回流 0.5h 至反应完全，后处理得收率为 76% 的产品。

芳香酸酯中的羰基不够活泼，缩合时要用到较强的碱如 NaH 才有足够浓度的负碳离子以保证缩合反应的进行。如：

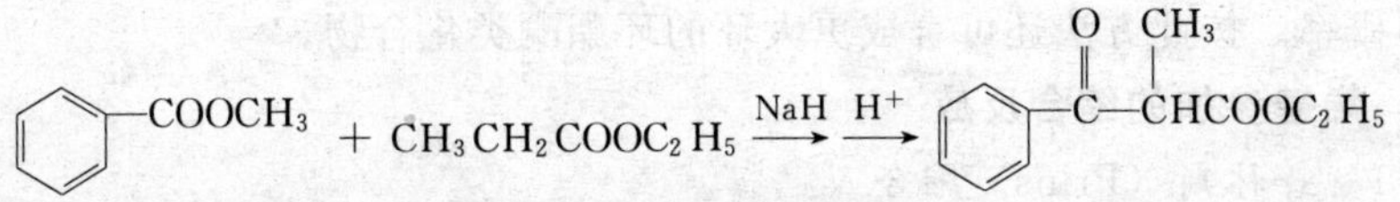

10.10.4.2 酯-酮缩合

如果反应物酯和酮都含有 α-氢，则酮的活性相对较大（如丙酮的 $pK_a = 20$，乙酸乙酯的 $pK_a = 24$），因此酮易形成负碳离子进攻酯的羰基，发生亲核加成而得 β-二酮类化合物。

反应实例如 1-(9-乙基-3-咔唑基)-12-十三碳烯-1,3-二酮的合成。

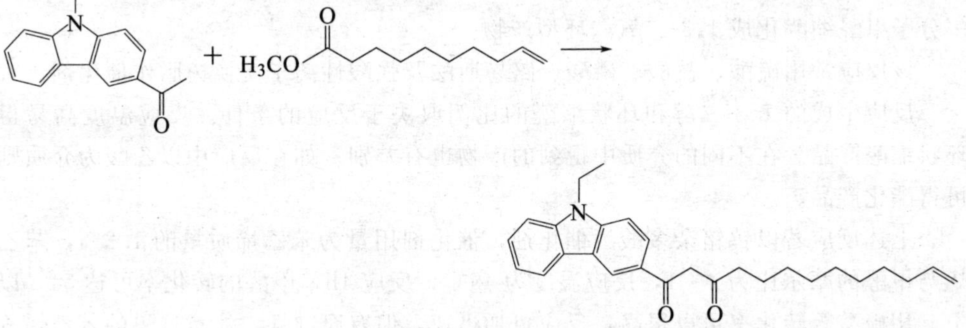

向反应瓶中依次加入 0.08mol 叔丁醇钾、0.012mol 3-乙酰基-N-乙基咔唑、0.047mol 十一烯酸己酯，室温下反应 72h。反应液倒入 150mL 冰水中，充分搅拌，加入 10% 稀盐酸调 pH 为 5～6。以二氯甲烷萃取后进行干燥、分离，得收率为 31% 的产品。

反应中酮的负碳离子的活性顺序为：

$$CH_3\overset{-}{C}O > RCH_2\overset{-}{C}O > R_2CH\overset{-}{C}O$$

受到酮负碳离子进攻的酯的羰基碳原子上带的正电荷越大，显然其活性也愈大，因此酯的活性顺序为：

$$HCOOR, ROOC—COOR > CH_3COOC_2H_5 > RCH_2COOC_2H_5 > R_2CHCOOC_2H_5 > R_3CCOOC_2H_5$$

在酮-酯缩合中，若在碱性催化剂作用下酮比酯更易形成负碳离子，则产物中会混有酮自身缩合的产物；相反若酯更易形成负碳离子则产物中会混有酯自身缩合的副产物。

10.10.4.3 分子内酯-酯缩合（Dickmann 缩合）

二元酸酯可发生分子内和分子间的酯-酯缩合反应。如分子内的两个酯基被三个以上的碳原子隔开时，就会发生分子内的缩合反应形成五元环的酯。这种环化缩合反应又称迪克曼（Dickmann）反应，实际上可视为分子内的克莱森缩合反应。

这类反应常用来合成某些环酯酮以及某些天然产物和甾体激素的中间体。

若使反应在高度稀释的溶液中进行，则可抑制二元酯分子间的缩合，增加分子内缩合的概率。按此方法还可合成更大环的环酯酮类化合物。

10.10.5 烯键参加的缩合反应

10.10.5.1 普林斯（Prins）缩合

甲醛（或其他醛）与烯烃在酸催化下缩合成 1,3-二醇或其环状缩醛（1,3-二氧六环）的反应称为普林斯反应，如苯乙烯与甲醛的缩合：

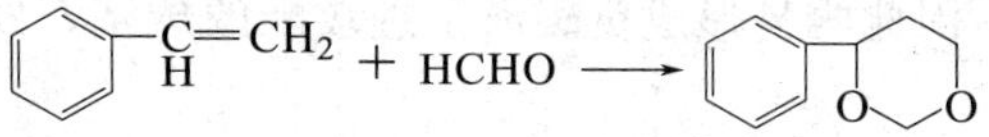

普林斯反应可以生成较原来烯烃增多一个碳原子的二元醇。其机理是首先在酸催化下甲醛质子化形成正碳离子，然后与烯烃发生亲电加成得 1,3-二醇，再与另一分子甲醛缩醛化成 1,3-二氧六环型产物。

该反应常用硫酸、盐酸、磷酸、路易斯酸及强酸性离子交换树脂作催化剂。

反应生成的 1,3-二醇和环状缩醛的比例取决于反应的条件。反应温度高易得环状缩醛产品。在不同的介质中得到的产物也有差别。如在反应中以乙酸为介质则可得酯化产品。

上述反应若以钨锗杂多酸为催化剂，催化剂用量为苯乙烯质量的 1.2%，苯乙烯与甲醛的摩尔比为 4:1，反应温度为 45℃，反应 4h，甲醛的转化率可达 54% 以上。用硫酸等转化率可以很高，反应更加迅速，但有腐蚀性。注意这里的苯乙烯等会产生聚合等副反应导致收率下降。一般来说，甲醛过量些对后处理和成本有利。

10.10.5.2 狄尔斯-阿德耳（Diels-Alder）缩合

狄尔斯-阿德耳缩合反应又称双烯合成。它是指含有烯键或炔键的不饱和化合物（其侧链还可有羰基或羧基）能与链状或环状含有共轭双键系的化合物发生 1,4 加成反应（对于烯键和炔键化合物是 1,2 加成反应），生成六元环状型的氢化芳香族化合物的反应。

这类反应既不同于一般的离子型反应，又不同于自由基型反应，是经由环状过渡态进行的反应，不产生任何中间体，旧键的断裂和新键的生成是协同进行的，属于协同反应。

这类反应在实际中应用非常广。如对苯醌与异戊二烯的缩合：

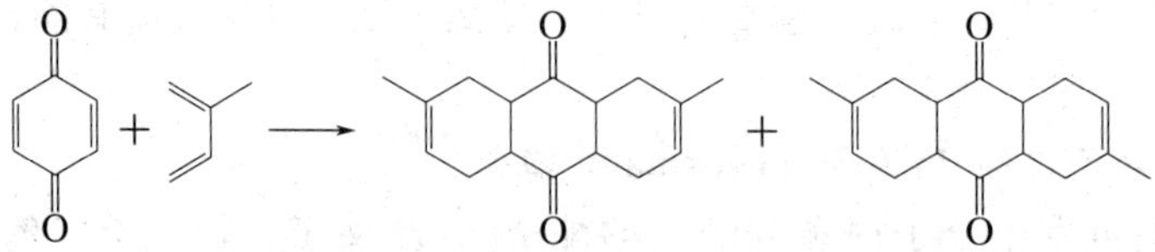

在反应瓶中加入对苯醌 200mmol、乙醇约 300mL 和过量的异戊二烯（约 80mL，744mmol），120℃回流搅拌反应约 30h 后停止反应，经后处理得收率约为 65% 的产品。

10.10.6 成环缩合反应

成环缩合反应又称闭环反应或环合反应。它是通过生成新的碳-碳、碳-杂或杂-杂原子键完成的。绝大多数成环缩合反应都是先由两个反应物分子在适当的位置发生反应，连接成一个分子，但尚未形成新环；然后在这个分子内部适当位置上的反应性基团间发生缩合反应而同时形成新环。

这类反应种类很多，很难得出共同的反应历程和比较系统的一般规律。但有一些共同特点：

① 成环缩合形成的新环大多是具有芳香性的六元碳环，以及五元、六元的杂环，主要是因为这些环较稳定，所以易生成。

② 反应物分子中适当位置上必须有反应性基团，使易于发生分子内闭环反应，因此反应物之一常是羧酸、酸酐、酰氯、羧酸酯、羧酸盐或羧酰胺；β-酮酸、β-酮酸酯、β-酮酰胺；醛、酮、醌；氨、胺类、肼类（用于形成含氮杂环）；硫酚、硫脲、二硫化碳、硫氰酸盐（用于形成含硫杂环）；含有双键或叁键的化合物等。

③ 大多数成环缩合反应都要脱去一个小分子，反应时常要添加缩合剂。

由于这类反应种类繁多，下面只简单举例说明。

10.10.6.1 六元碳环缩合

常见的如蒽醌及其衍生物。实例如下。

（1）蒽醌的合成

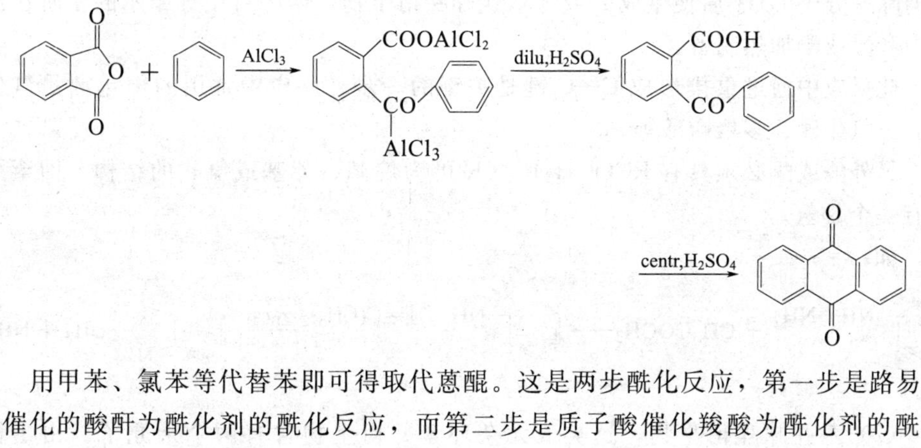

用甲苯、氯苯等代替苯即可得取代蒽醌。这是两步酰化反应，第一步是路易斯酸催化的酸酐为酰化剂的酰化反应，而第二步是质子酸催化羧酸为酰化剂的酰化反应。

（2）1,4-二羟基蒽醌的合成

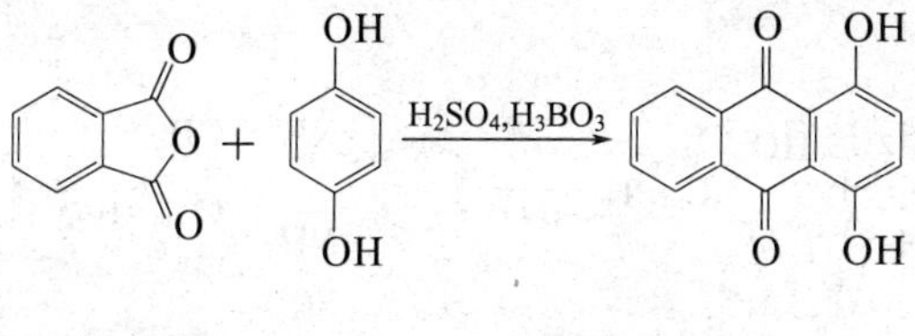

苯酐和对苯二酚反应可制备 1,4-二羟基蒽醌。由于对苯二酚比较活泼,在硼酸和浓硫酸存在下,一步反应就可得产品,同样包括两步酰化反应。两步反应可在 160℃同时完成。

(3) 1,4-二氯蒽醌的合成

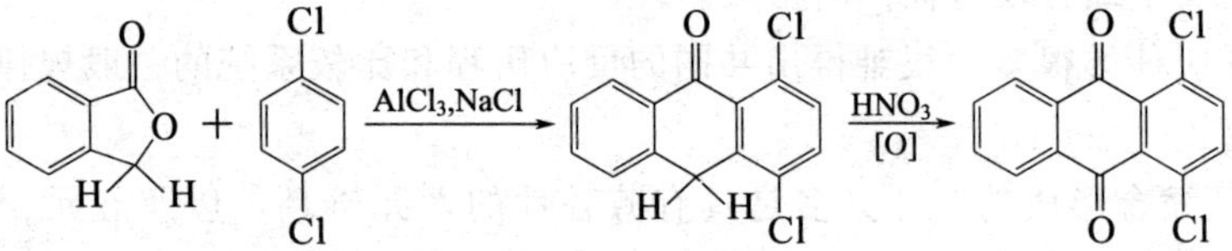

蒽醌衍生物还有其他合成方法如苯酐法等,采用的是先酰化、后氧化的过程。

10.10.6.2 杂环缩合

药物及中间体合成中杂环化合物主要以五元环和六元环为主,可有多种合成途径。若以环合时形成的新键来区分,可分为三种环合方式:

① 通过碳-杂键形成的环合;

② 通过碳-碳键和碳-杂键形成的环合;

③ 通过碳-碳键形成的环合。

下面举例简单说明。

(1) 吲哚衍生物 合成吲哚衍生物的环合方法较多,多以苯衍生物为起始原料。这里介绍一种常用的以苯腙为原料的费歇尔法。它是用苯腙在酸催化下加热重排消除一分子 NH_3 后便生成 2-或 3-取代吲哚衍生物。苯腙可用等摩尔的苯肼在乙酸中和醛或酮加热制备。

此反应中通过重排形成 C—C 键是关键的一步。反应中常用的催化剂是氯化锌、三氟化硼、多聚磷酸等。

另外醛或酮必须具有 $RCOCH_2R'$(R 可为烷基、芳基或氢)的结构,即至少要有一个 α-氢。

如:

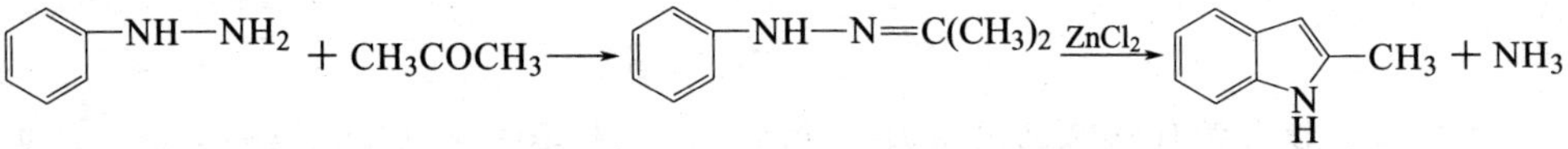

(2) 苯并咪唑衍生物 这类五元杂环苯并衍生物含有两个杂原子。由于衍生物分子中苯环的相邻位置上有两个氮原子,因此最方便的途径是以邻苯二胺为原料,通过环合而得。如医药中间体苯并咪唑就可通过邻苯二胺与甲酸缩合而得:

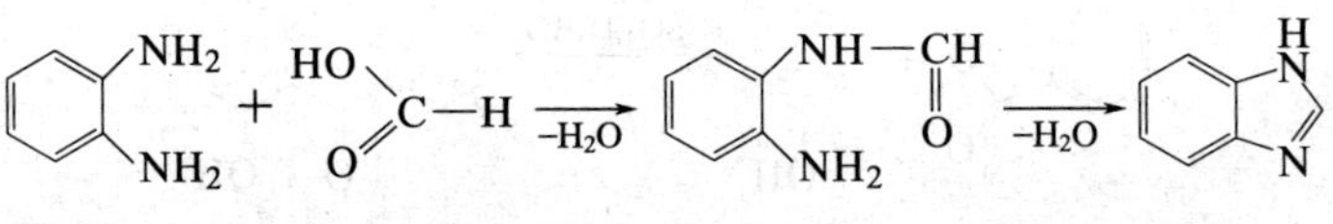

反应实际上有两步酰胺化过程，再消除脱水就形成了共轭的苯并咪唑环。

用其他羧酸衍生物按类似方法能制取其他的苯并咪唑衍生物，如：

$$\text{（邻苯二胺）} + \text{HOOC}-(\text{CH}_2)_n-\text{COOH} \xrightarrow{-4\text{H}_2\text{O}} \text{（双苯并咪唑）}$$

除了用羧酸与邻苯二胺缩合外，还可选用醛、酮等缩合，此时要加一些温和的氧化剂。也可用腈类衍生物与邻苯二胺缩合，如：

$$\text{（邻苯二胺）} + \text{N}\equiv\text{C}-\text{NHCOOCH}_3 \xrightarrow[-\text{NH}_4\text{Cl}]{\text{HCl}} \text{（苯并咪唑）}-\text{NHCOOCH}_3$$

若将邻苯二胺和碳酸或尿素作用可得苯并吡唑酮：

$$\text{（邻苯二胺）} + \text{HO}-\text{C}(=\text{O})-\text{HO} \xrightarrow{200^\circ\text{C,高压}} \text{（苯并咪唑酮）}=\text{O} + 2\text{H}_2\text{O}$$

$$\text{（邻苯二胺）} + \text{H}_2\text{N}-\text{C}(=\text{O})-\text{H}_2\text{N} \xrightarrow{250^\circ\text{C}} \text{（苯并咪唑酮）}=\text{O} + 2\text{NH}_3$$

若用邻氨基对甲酚代替邻苯二胺，并与二元酸反应，则可得苯并噁唑类衍生物。

（3）噻唑衍生物　这类五元杂环化合物含有两个杂原子，合成的环合途径主要以第一种为主，如 2-氨基噻唑的合成就是以硫脲与氯乙醛在室温脱水和氯化氢环合而成：

$$\begin{array}{c}\text{CHO}\\|\\\text{CH}_2\text{Cl}\end{array} + \text{H}_2\text{N}-\text{C}(=\text{S})-\text{NH}_2 \xrightarrow[-\text{H}_2\text{O}]{\text{rt}} \text{（噻唑）}-\text{NH}_2$$

这是药物磺胺噻唑的中间体。

另还可用苯基硫脲与氯化硫在无水氯仿中发生脱氢和环合反应制备 2-氨基苯并噻唑：

$$\text{（苯基）}-\text{NH}-\text{C}(=\text{S})-\text{NH}_2 + \text{S}_2\text{Cl}_2 \xrightarrow{\text{CHCl}_3} \text{（苯并噻唑）}-\text{NH}_2 + 2\text{S} + 2\text{HCl}$$

（4）吡唑衍生物　这类五元杂环也含有两个杂原子，一般选用肼类衍生物为起始原料。若以苯肼为起始原料，则可制备带苯基取代基的吡唑衍生物。

当芳肼与在 1,3 两个位置上含有羰基的醛或酮发生反应而生成腙后，就易进一步发生分子内环合反应成为重要的 1-芳基-5-吡唑酮衍生物。这里的 β-二酮可以是乙酰乙酸乙酯、双乙酰胺、单取代或双取代的衍生物等。如 1-苯基-3-甲基-5-吡唑酮的合成：

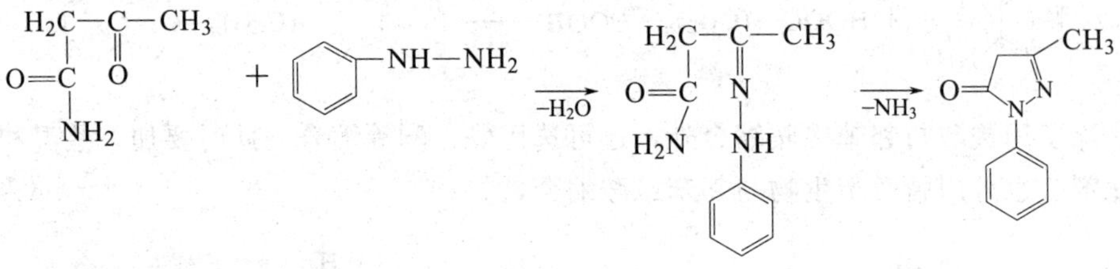

10.10.6.3　六元杂环缩合反应

（1）吡啶衍生物　这类六元杂环化合物含有一个杂原子。如其中的吡啶酮衍生物的合成可用取代的 2-戊烯二酸二乙酯与氨作用而得：

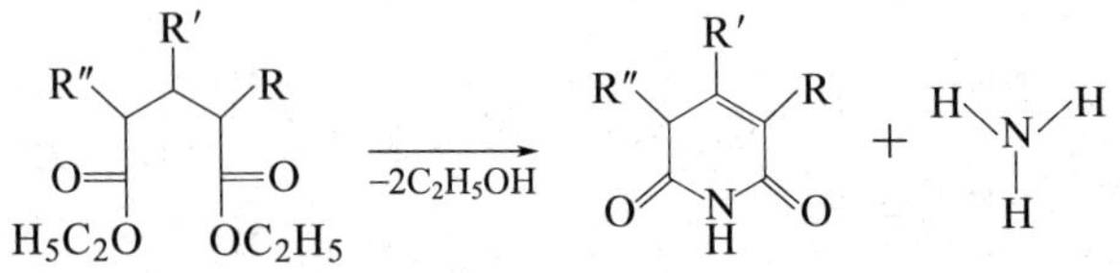

还可用氰乙酰胺和 β-酮酸酯的成环缩合法。如将氰乙酰胺和乙酰乙酸乙酯在乙醇介质中于碱性催化剂存在下加热即得吡唑酮衍生物：

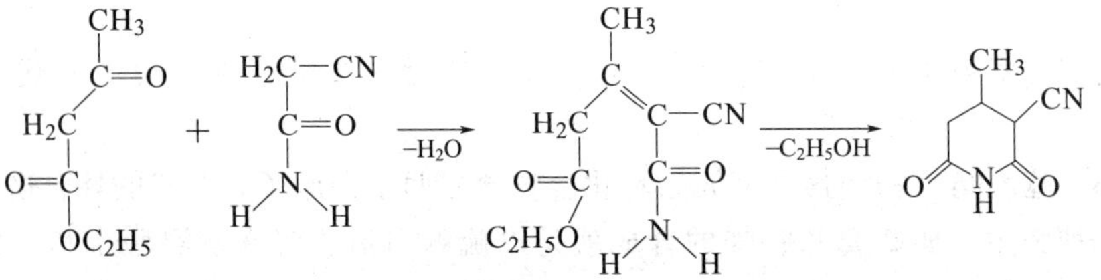

其中的氰基是用于活化亚甲基的两个氢原子。

（2）嘧啶衍生物　这类六元杂环化合物含有两个杂原子。通常采用 1,3-二羰基化合物和同一碳原子上有两个氨基的化合物作为起始原料：

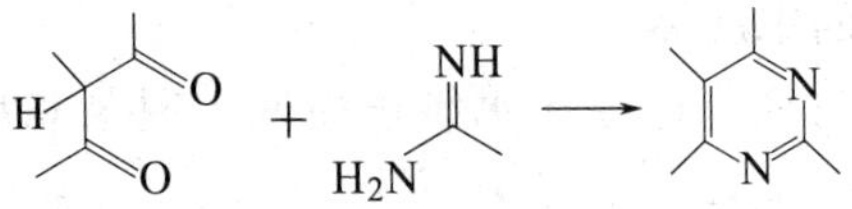

其中可用作 1,3 羰基化合物的有：1,3-二醛、1,3-二酮、1,3-醛酮、1,3-酮酯、1,3-酮腈、1,3-二腈等。同一个碳原子上有两个氨基的化合物有：脲、硫脲、脒和胍等。

氨基的亲核程度与形成新碳-氮键是否顺利有密切关系，因此可用碱性强度来推测二氨基物的相对反应活泼性，其中以胍最强，脒次之，硫脲再次之，脲的活性最弱。

如心血管新药潘生丁的中间体甲基硫氧嘧啶的合成：

参 考 文 献

[1] 张浩勤等. 化工过程开发与设计. 北京：化学工业出版社，2002.

[2] 陈宗声. 化工设计，第 2 版. 北京：化学工业出版社，2008.

[3] 武汉大学主编. 化工过程开发概要. 第 2 版. 北京：高等教育出版社，2002.

[4] 张钟宪. 化工过程开发概论. 北京：首都师范大学出版社，2005.

[5] 周滨. 最新药物合成反应技术、方法与应用 百科全书. 北京：化学工业出版社，2006.

[6] 陶荣业. 有机合成工艺优化. 北京：化学工业出版社，2006.

[7] 王玉炉主编. 有机合成化学，北京：科学出版社，2005.

[8] 段长强，王兰芬主编. 药物生产工艺及中间体手册. 北京：化学工业出版社，2002.

[9] 黄培强，靳立人，陈安齐. 有机合成. 北京：高等教育出版社，2004.

[10] 陈立功，王东华，宋传君等. 药物中间体合成工艺. 北京：化学工业出版社，2001.

[11] 李丽娟，刘东. 药物合成反应技术. 北京：化学工业出版社，2007.

[12] 段行信. 实用精细有机合成手册. 北京：化学工业出版社，2002.

[13] 张铸勇. 精细有机合成单元反应. 第 2 版. 上海：华东理工大学出版社，2003.

[14] 闻韧主编. 药物合成反应. 第 2 版. 北京：化学工业出版社，2003.